बदलते
रिश्ते

बदलते रिश्ते

कृष्ण गोपाल रस्तोगी

सत्साहित्य प्रकाशन, दिल्ली

प्रकाशक : सत्साहित्य प्रकाशन, २०५-बी चावड़ी बाजार, दिल्ली-११०००६
 / संस्करण : २०१७ / मूल्य : तीन सौ रुपए
मुद्रक : नरुला प्रिंटर्स, दिल्ली ISBN 978-81-7721-357-7

BADALATE RISHTE *stories* by Krishna Gopal Rastogi ₹ 300.00
Published by Satsahitya Prakashan, 205-B Chawri Bazar, Delhi-110006

निवेदन

'बदलते रिश्ते' संकलन में बाईस कहानियाँ हैं। प्रत्येक कहानी जीवंत अनुभव है। इनके संदर्भ हैं—व्यक्ति, परिवार और समाज। ये एक-दूसरे की रचना करते हैं और एक-दूसरे का निर्माण भी। यों तो विश्व के सभी समाजों में परिवार महत्त्वपूर्ण है, पर भारतीय समाज में इसका योगदान अनूठा है। परिवार में परस्पर सहयोग अथवा असहयोग की स्थितियाँ होती हैं, जो परिवार का रहन-सहन सँवारती और बिगाड़ती हैं, जिनके प्रभाव से व्यक्ति और समाज प्रभावित होते ही हैं। अतएव परिवार का महत्त्व सर्वाधिक है। परिवार के सदस्य एक-दूसरे से कुछ अपेक्षाएँ रखते हैं, जिनकी पूर्ति से आनंद का सर्जन होता है और अपेक्षाओं के पूरा न होने पर पीड़ाएँ जन्म लेती हैं। ऐसी कुछ अपेक्षाएँ पुस्तक के प्रारंभ में दी गई हैं और पीड़ाओं को पुस्तक के अंत में स्थान मिला है।

भारतीय परिवारों का पारंपरिक परिवेश आज बदल रहा है। बदलते परिवेश में परिवारों के सदस्यों के परस्पर 'रिश्ते' बदल रहे हैं, इसलिए संकलन का नामकरण 'बदलते रिश्ते' के रूप में किया गया है। पाठकों को कुछ बदलाव उचित लगेंगे और कुछ अनुचित। इस दृष्टि से पाठकों में भी मत-भिन्नता हो सकती है, जो स्वाभाविक और स्वागत-योग्य है।

संकलन के प्रकाशन से पूर्व कुछ पाठकों से सहयोग प्राप्त किया गया, जिन्होंने कहानियों को पसंद किया। सुश्री उर्मिला भार्गव, शिल्पी और पीयूषी ने पांडुलिपि तैयार करने में सहयोग दिया। वे धन्यवाद की पात्र हैं।

—कृष्ण गोपाल रस्तोगी
पूर्व प्रोफेसर, एन.सी.ई.आर.टी., नई दिल्ली

ई-९२३, सरस्वती विहार,
दिल्ली-११००३४
दूरभाष-२७०१०६२३

अनुक्रमणिका

लघु कहानियाँ

भूमिका

प्रेरणा–पुरुष और स्त्री संगम

मानव के दो रूप हैं—पुरुष और स्त्री। ये परस्पर पूरक माने जाते हैं। विज्ञान की सहायता से पुरुष और स्त्री के शरीर के जन्म, उसकी रचना के कारणों और विकास की व्याख्या की जा सकती है, पर परमात्मा का अंश मानी जानेवाली कौन सी आत्मा किस शरीर में प्रवेश कर उसमें निवास करेगी, अभी भी इस प्रश्न का उत्तर नहीं खोजा जा सका है। इसके लिए भाग्यवादी भाग्य का परिणाम बताते हैं और कर्मवादी कर्मों का। कारण न जानने पर भी पुरुष और स्त्री का अस्तित्व नकारा नहीं जा सकता। इन दोनों का अपना अलग-अलग जगत् है और इनके परस्पर संबंधों से जगत् की रचना होती है।

परिवार में पुरुष और स्त्री का संबंध पुत्र-पुत्री, भाई-बहन, माता-पिता, पति-पत्नी, ससुर-बहू आदि और धनार्जन करने के लिए समाज में इनका संबंध स्वामी-नौकर, वरिष्ठ-कनिष्ठ, भागीदार आदि के रूप में होता है। इन संबंधों के आधार पर एक का कर्तव्य या अधिकार दूसरे का अधिकार या कर्तव्य हो जाता है। जब तक प्रत्येक भागीदार अपना कर्तव्य ईमानदारी से निभाता है तब तक पारिवारिक या सामाजिक व्यवस्था चलती रहती है; पर जब उसमें कोताही होती है तब संबंधों में दरार पड़ जाती है और पारिवारिक तथा सामाजिक ढाँचा टूटने लगता है। उस समय वह भागीदार पुरुष या स्त्री एक-दूसरे को संबंधों के दर्पण में नहीं देखते हैं। पुरुष

केवल पुरुष और स्त्री केवल स्त्री रह जाती है। उनमें दूसरे पक्ष की वेदना को महसूस कर उसके प्रति संवेदना का भाव समाप्त हो जाता है। एक भागीदार दूसरे से भौतिक रूप से भले ही अलग रहने लगे, पर मानसिक संबंध उनका पीछा नहीं छोड़ पाते। फिर या तो वे विकल्प ढूँढ़ने लगते हैं या अपनी जीवन-नौका में लंगर डालकर नदी के किनारे खड़े हो जाते हैं। ऐसी स्थिति में सामान्यतया स्त्री को अधिक कष्ट होता है, क्योंकि उसकी बहुत सी विवशताएँ हैं। केवल संवेदनशील पुरुष ही उसके कष्टों को महसूस करते हैं। इस कमी का दोष समाज की रचना तथा उसके रीति-रिवाजों पर डाला जाता है।

आइए, जरा स्त्री के जीवन पर दृष्टि डालें। पुत्री के रूप में जन्म लेने पर परिवार में उसकी स्वीकृति नहीं होती। उसके जन्म पर परिवार के सदस्यों के चेहरे ऐसे उतर जाते हैं जैसे कोई अपशकुन हो गया हो। कुछ परिवारों में तो पुत्र और पुत्री के पालन-पोषण में भी अंतर किया जाता है। वह ज्यों-ज्यों बड़ी होती है तो उसके शरीर का विकास और उसकी प्रक्रियाएँ विस्मयकारी और कष्टदायी होती हैं और यदि वह तनिक सुंदर और आकर्षक हुई तो लोगों की कुदृष्टि उसपर पड़ने लगती है। इसपर भी जिस शरीर को सजा-सँवारकर वह सुरक्षित रखती है उसे खुशी-खुशी, आनाकानी किए बिना अपने जीवन-साथी को सुपुर्द कर देती है। उसके शरीर के कष्ट की पराकाष्ठा उस समय देखी जा सकती है जब वह शिशु को जन्म देती है। पुरुष की कामवासना की तृप्ति उसकी प्रसव-पीड़ा में परिणत हो जाती है। धन्य है मातृ-शक्ति!

यह तो हुई कुशल-क्षेम की स्थिति। यदि कहीं वह विधवा हो जाए तो उसके पति की मृत्यु का दोषारोपण उसी पर करने का दुस्साहस कुछ लोग करते हैं। ऐसे समाज भी हैं, जिनमें पुरुष एक से अधिक पत्नियाँ रख सकता है। फिर यह रिवाज तो सभी समाजों

में है कि पत्नी की मृत्यु के बाद विधुर दूसरी और तीसरी शादी भी कर लेता है, जब तक वह वृद्ध न हो जाए। स्त्री कभी लज्जा के कारण और कभी अपने मृत पति की संतान के पोषण के भार हेतु शेष जीवन विधवा के रूप में बिताती है। क्या कभी सोचा है कि ऐसा क्यों होता है?

अब तनिक आधुनिक व्यवस्था पर दृष्टि डालें। विवाह हो गया, युवती अपने ससुराल गई। सामान्यतया वह आर्थिक दृष्टि से मातृ-परिवार से कम आर्थिक संपन्नतावाले घर में बहू बनकर जाती है। अपने मातृ-परिवार की सुख-सुविधाओं से वंचित युवती से अपेक्षा की जाती है कि वह पति के परिवार के सभी सदस्यों की आज्ञा का पालन करे। पति चाहता है कि मेरी पत्नी नौकरी या व्यवसाय करके धनार्जन करे, सुबह को उसकी चाय बनाए और नाश्ता तैयार करे, शाम का खाना भी बनाए और रात्रि को उसका मनोरंजन करे। वह सास-ससुर की सेवा करे और उनकी आज्ञा का पालन करे, और यदि सास-ससुर के छोटे पुत्र-पुत्री भी साथ रह रहे हैं तो उनकी सेवा करे। दिन में नौकरी और घर के काम की व्यस्तता से थककर वह मनोरंजन का साधन भी बनी रहे। विडंबना यह है कि आजकल मध्यम वर्ग का प्रत्येक युवक ऐसी पत्नी चाहता है जो धनार्जन भी करती हो। फिर युवती ससुराल के सदस्यों की बोली बोले और उनकी हाँ में हाँ भी मिलाए। मध्यम वर्ग की स्त्री आजकल तनाव में रह रही है। उसके प्रति लोगों में संवेदना भी नहीं है। इसलिए उसके टूट जाने पर परिवार टूट जाते हैं, जिससे ऐसे टूटे हुए परिवारों की संख्या बढ़ रही है और भावी संतान पर इसका बुरा प्रभाव पड़ रहा है।

सावधान! आइए इसे रोकें, जिससे स्वस्थ समाज की रचना हो।

अपेक्षाएँ

स्त्री क्या चाहती है?

* स्त्री के रूप में समाज से सुरक्षा एवं सम्मान की अपेक्षा करती है।
* पुत्री के रूप में माता-पिता से पुत्रों के समान व्यवहार चाहती है।
* बहन के रूप में वह भाई से स्नेह और सहयोग चाहती है।
* पत्नी के रूप में पति से असीम प्यार व संरक्षण चाहती है।
* पुत्र-वधू के रूप में वह सास-ससुर से पुत्री जैसा व्यवहार चाहती है।
* वधू के रूप में ससुराल के अन्य सदस्यों से सहयोग चाहती है।
* माता के रूप में वह संतान को प्यार देती है और उनसे सेवा की अपेक्षा करती है।
* सास के रूप में वह पुत्र-वधू से आज्ञा-पालन और सेवा की अपेक्षा करती है।

पुरुष क्या चाहता है?

* व्यक्ति के रूप में स्वतंत्रता और अधिकार चाहता है।
* पुत्र के रूप में पैतृक संपत्ति पर अधिकार चाहता है।
* भाई के रूप में वह भाई और बहन से सहयोग की अपेक्षा

करता है।

* पति के रूप में वह पत्नी से असीम प्रेम और आज्ञा-पालन की अपेक्षा करता है।
* पिता के रूप में संतान से आज्ञा-पालन और सेवा की अपेक्षा करता है।
* दामाद के रूप में वह ससुरालवालों से सम्मान चाहता है।
* ससुर के रूप में वह पुत्र-वधू से आज्ञा-पालन व सेवा की अपेक्षा करता है।

ऐसी ही अनेक अपेक्षाओं की पूर्ति न होने पर पीड़ाएँ उपजती हैं, जो प्रस्तुत कहानियों में प्रतिबिंबित हैं। ये पीड़ाएँ साथ में दी गई हैं।

पीड़ाएँ

परिवार भारतीय समाज की शक्तिशाली इकाई है। दुर्भाग्यवश, आज परिवार टूट रहे हैं। टूटे हुए परिवारों के बहुत से रूप हैं। आइए देखें, परिवार किस रूप में टूट रहे हैं–

१. माता अकेली रहती हो और स्वार्थी पिता पुत्र के साथ रहता हो।
२. स्त्री विवाह होने से पूर्व ही गर्भ धारण कर ले।
३. सेवा का फल या अंधकारपूर्ण भविष्य।
४. विवाह के लिए संतान को जन्म देना आवश्यक नहीं हो।
५. पति के प्रति अत्यंत उदार होने पर भी निबाह नहीं हुआ।
६. धन कमाने के लिए पति पत्नी को केवल एक स्त्री के रूप में देखता है।
७. पति सदा अपनी माँ के साथ रहता है और पति-पत्नी नहीं मिल पाते हैं।
८. कमाऊ बेटी होने के कारण परिवार की ओर से विवाह में बाधा थी।
९. लड़कीवाले लड़केवालों से आर्थिक सहायता लेते रहते हैं और न मिलने पर परस्पर झगड़ा होता है।
१०. अलग तो हुए, पर अपना उतरदायित्व निभाया।
११. पति-पत्नी का विवाद घर से बाहर जाने पर परेशानी बढ़ती है।

१२. आज्ञा-पालन न करने पर पति पत्नी पर हाथ उठाता है।
१३. पति अपने माता-पिता के पास रहता है और पत्नी व पुत्री नाना-नानी के साथ रहते हैं।
१४. पत्नी के अतिरिक्त किसी अन्य के साथ संबंध बनाने से आदमी कहीं का नहीं रहता है।
१५. संबंधों का गलत लाभ उठाया जाता है।
१६. पुत्री, दामाद आदि सबको निभाया, फिर भी बात नहीं बनी।
१७. झूठ पर आधारित पारिवारिक संबंध नहीं चल पाते हैं।
१८. पारिवारिक संबंध स्वार्थी बुद्धि से नहीं निभाए जाते।
१९. पत्नी के व्यय पर पति का अधिकार है।
२०. अपराधी पति से दुःखी होकर विकल्प ढूँढ़ा।
२१. प्यार पर शंका करना हितकारी नहीं है।
२२. पति-पत्नी के विवाद सामाजिक ढंग से अच्छी तरह से निपटते हैं, न्यायालय में नहीं।

१

अपना-अपना सपना

सुधा एक महाविद्यालय में शिक्षिका थी। वह शिक्षण कार्य को केवल नौकरी मानती थी, जिसके लिए उसे प्रति मास वेतन मिलता था। परिवार में उसको अपेक्षित सम्मान नहीं मिलता था। वह महत्त्वाकांक्षी थी, इसलिए सम्मान की इच्छुक भी थी। उस कमी को पूरा करने के लिए वह एक दिन पिता के एक मित्र के पास गई। उसने अपने आने का उद्देश्य बताया कि वह कोई सम्मानपूर्ण सामाजिक कार्य करना चाहती है।

पिता के मित्र के पास आने के दो दिन पूर्व उसके परिवार में एक घटना घटी थी। उसके पति सूर्य प्रकाश ने किसी दैनिक समाचार-पत्र में एक लेख लिखा था। उसमें उन्होंने सभी शिक्षकों की आलोचना की थी कि आजकल शिक्षक अपना विकास करने के लिए बिलकुल अध्ययन नहीं करते हैं। इसके प्रमाण के रूप में उन्होंने अपनी पत्नी का उदाहरण भी दिया था। उसमें उन्होंने अपनी पत्नी का नाम तो नहीं लिखा था, पर अपना नाम लेखक के रूप में दिया था। जब सुधा के सहयोगियों ने वह लेख पढ़ा तो वे उसे लेकर सुधा के पास आईं और उस पर ताना कसा कि तुम्हारे पति शिक्षा और शिक्षकों के संबंध में ऐसी बात क्यों लिखते हैं? उन्होंने इस संबंध में सुधा पर भी आक्षेप लगाया कि तुम्हारे कारण हम

लोगों का अपमान हुआ है। सुधा को यह स्वीकार करना पड़ा कि लेख उसके पति द्वारा लिखा गया है और उसके कारण सभी शिक्षकों का अपमान हुआ है।

इसी बात को लेकर दो दिन पूर्व सुधा और उसके पति सूर्य प्रकाश में विवाद भी हो गया था। सूर्य प्रकाश को यह स्वीकार करना पड़ा था कि वह लेख समाचार-पत्र में उसने ही छपवाया था। उसने ही शिक्षकों के बारे में लिखा था। सुधा ने अपनी असहमति जताते हुए पति को लेख दिखाकर पूछा, "क्या तुम्हारी कोई और पत्नी है? इससे साफ है कि तुमने मेरी आलोचना की है।" सूर्य प्रकाश सुधा के इस तर्क का उत्तर न दे सका। इसपर सुधा ने उनकी भर्त्सना की और उनसे बदला लेने की चेतावनी दी। इसपर सूर्य प्रकाश तिलमिला उठा और उसने सुधा को तीन-चार घूँसे जड़ दिए। यह सारी घटना उनका बीस वर्ष का पुत्र भी देख रहा था। सुधा ने बदला लेने की अपनी असामर्थ्य जानकर पुत्र से कहा, "बेटे, क्या तुम अपने पिता को इस तरह मारने-पीटने से नहीं रोक सकते।" इसका उत्तर देते हुए बेटे ने अपनी विवशता दिखाई और कहा, "मम्मी, मुझे तो आप दोनों से ही कुछ-कुछ लेना है, इसलिए मैं किसी का पक्ष नहीं ले सकता। दूसरे, आपकी सीमाएँ हैं। आप मुझे वर्तमान में केवल भोजन और प्यार दे सकती हैं, पर मेरे भावी जीवन के निर्माता तो पिताजी ही होंगे; क्योंकि आपकी अपेक्षा पिताजी अधिक साधन-संपन्न हैं।" इस उत्तर को सुनकर सुधा स्तब्ध रह गई। वह अपने पति और पुत्र से कुछ नहीं कह सकी, पर उसका मन अत्यंत क्षुब्ध हुआ और वह आत्म- सम्मान आधारित संतोष तथा शांति की खोज करने लगी। उसके पारिवारिक जीवन में ऐसा प्रसंग कई बार आया था। इसलिए पिता-पुत्र दोनों के व्यवहार से तंग आकर वह अपने पति का घर छोड़कर उनसे अलग किराए के मकान में रहने लगी।

अब सुधा के सामने दोहरा फ्रंट था। एक वह समाचार-पत्र, जिसमें उसके पति का लेख छपा था। उसने अंकल से यह भी सलाह लेनी चाही कि क्या वह दोनों फ्रंटों पर लड़े या एक पर? यदि वह दोनों फ्रंटों पर लड़े तो साथ-साथ लड़े या आगे-पीछे? दोनों ने सलाह करके यह तय किया कि पहले समाचार-पत्र के संपादक को पत्र लिखा जाए कि उन्होंने उस लेख में पत्नी का नाम न देकर भी पति के नाम से पत्नी की पहचान करा दी है। इसलिए उसे पत्नी से संवाद किए बिना लेख में पत्नी के संबंध में कोई बात नहीं छापनी चाहिए थी। सुधा ने समाचार-पत्र के संपादक को वकील के माध्यम से चेतावनी दी कि वे उस लेख में पत्नी से संबंधित बात को छापने के लिए क्षमा माँगें और उसके पति सूर्य प्रकाश को नोटिस दें कि उन्होंने अपनी पत्नी के संबंध में ऐसा वाक्य क्यों लिखा और इसके लिए वे समाचार-पत्र के संपादक से क्षमा माँगें। इस प्रकार सुधा ने समाचार-पत्र के संपादक से सीधी लड़ाई और अपने पति से अप्रत्यक्ष लड़ाई लड़ी और उसमें उसकी विजय हुई। समाचार-पत्र के संपादक ने सुधा से माफी माँगी और उसके पति को नोटिस दिया। पति ने संपादक महोदय से माफी माँगी।

जब सूर्य प्रकाश को संपादक का नोटिस मिला तो उसकी इच्छा पत्नी से मिलने की हुई—क्षमा माँगने या प्रायश्चित्त करने के लिए नहीं, बल्कि अधिकार-भाव से कि सुधा उसकी पत्नी है। सूर्य प्रकाश को उसका अहं भी सता रहा था, पर वह कुछ दिनों से पत्नी के दर्शन और स्पर्श से भी वंचित था। उधर सुधा भी अपने पति के प्रति कर्तव्य और पुत्र के प्रति प्रेम से वंचित थी। उन्हें अकेले रहते बहुत दिन नहीं हुए थे। वे वाणी के आवेश में एक-दूसरे से अलग तो हो गए थे, पर उन्हें एक-दूसरे की याद भी आती थी। सूर्य प्रकाश अपनी पत्नी से मिलने चल पड़ा। वह समझ नहीं पा रहा था कि पत्नी से लड़ने जा रहा है या प्रायश्चित्त कर उसे मनाने के लिए।

सूर्य प्रकाश पत्नी के किराए के मकान में पहुँचा। वहाँ उनके ससुर भी आए हुए थे। सूर्य प्रकाश आवेश में तो था ही। उसने सुधा के कमरे का दरवाजा जोर से खटखटाया और उसे धक्का देकर खोला। दरवाजे के सामने सुधा के पिता बैठे थे। उन्होंने दामाद से पूछा, "पत्नी को लेने आए हो या लड़ने?" सूर्य प्रकाश का सिर शर्म से झुक गया। यह देख सुधा के पिता कमरे से बाहर चले गए।

आखिर पति-पत्नी का मिलन हो गया। इसी तरह लड़ते-झगड़ते और रूठते-मनाते उनका जीवन आगे बढ़ने लगा। सुधा की सामाजिक कार्य करने की इच्छा विलीन हो गई। पति ने भविष्य में ऐसा कुछ न करने का निश्चय किया। पुत्र को माता से वर्तमान और पिता से भावी जीवन का आश्वासन भी प्राप्त हो गया।

□

२

आश्रय

रमा विवाह-पूर्व गर्भवती हो गई थी। इसका कारण सुरेश था। उनका विवाह नहीं हो पाया था, पर विवाह पूर्व उनमें घनिष्ठता थी। रमा की आयु पच्चीस वर्ष थी और सुरेश की तीस वर्ष। रमा ऊँची जाति से थी और सुरेश की जाति रमा की जाति से भिन्न थी। रमा एम.ए., बी.एड. थी और एक पर्वतीय नगर के विद्यालय में अध्यापिका थी। सुरेश बी.ए. पास था और फिल्म बनाया करता था।

रमा और सुरेश के परिवार पड़ोसी थे। बचपन में वे दोनों साथ-साथ खेलते थे। बड़े होते-होते उनकी निकटता बढ़ती गई। वे अपने गाँव और इलाके के बाहर भी साथ-साथ घूमने जाने लगे। रमा का भाई शिक्षित था और आधुनिक विचारों का भी। वह इन दोनों की निकटता और साथ-साथ घूमने को प्रगति मानता था। रमा की वृद्धा माँ पुराने विचारों की थी। उसने बचपन में इनके साथ-साथ खेलने को तो बुरा नहीं माना, पर बढ़ती आयु में गाँव तथा इलाके से बाहर इनके साथ-साथ घूमने को वह अच्छा नहीं समझती थी। उनके परस्पर विवाह के लिए तो वह बिलकुल सहमत नहीं थी, क्योंकि वह अपनी जाति से भिन्न जाति के युवक के हाथ में अपनी पुत्री का हाथ नहीं देना चाहती थी।

रमा कुँआरी माँ बनने की ओर कदम बढ़ा रही थी। प्रारंभ में

तो उसने चिंता नहीं की। जब चार महीने बीत गए तो वह परेशान रहने लगी। उसने गाँव में तथा गाँव के आस-पास छोटे नगर में चुपचाप गर्भपात कराने की कोशिश की, पर वह उसमें सफल नहीं हुई। वह अपने परिवारवालों को अपनी परेशानी नहीं बता पा रही थी और गर्भपात कराने के लिए डॉक्टरों और नर्सों को शुल्क देने में उसकी राशि चुक गई थी। सुरेश के पास भी उस समय पैसे नहीं थे, क्योंकि उसने फिल्म बनाने के लिए परिचित व्यक्तियों से लगभग पचास हजार रुपए उधार ले रखे थे।

धन के अभाव और समाज की अस्वीकृति ने उन्हें निराश और दुःखी कर दिया। वे दुःखी मन से जीवन समाप्त करने की बात सोचने लगे। उन्होंने एक फिल्म देखी, जिसमें यह दिखाया गया था कि प्रेमी-प्रेमिका इस जन्म में तो नहीं मिल सके, पर साथ-साथ जीवन समाप्त करने के कारण अगले जन्म में मिल गए। इस विचार में रमा को सुरेश की अपेक्षा अधिक आस्था थी। सुरेश केवल शारीरिक सुख की बात सोचता था, पर रमा प्रेमी-प्रेमिका के शुद्ध प्रेम तथा आत्मिक संबंध को मानती थी। पर वह यह भी मानती थी कि दोनों का साथ-साथ जीवित रहना या साथ-साथ जीवन समाप्त करना आवश्यक है। उन्होंने नदी में डूबने या रेलगाड़ी के आगे प्राणांत करने का कार्यक्रम बनाया, पर वे उसमें सफल नहीं हुए; क्योंकि सुरेश उसमें पीछे हट जाता था। उसका कहना था कि हमें जीवित रहकर समाज से संघर्ष करना चाहिए और विवाह कर लेना चाहिए। पर रमा इसके लिए सहमत नहीं थी। उसका कहना था कि यदि हम दोनों का परस्पर विवाह हो गया तो यह समाचार सुनते ही उसकी माँ अपने प्राण त्याग देगी। इसके अतिरिक्त सुरेश के व्यक्तित्व, शिक्षा, कार्य तथा जाति से भी वह अधिक आकृष्ट नहीं थी। यह उसकी इच्छा थी या विवशता, रमा यह निश्चित नहीं कर पा रही थी। सुरेश शराब बहुत पीता था और जुआ खेलने का भी शौकीन था।

इसी ऊहापोह में रमा और सुरेश लखनऊ पहुँचे, क्योंकि वे ऐसे नगर में रहना चाहते थे जहाँ वे अपरिचित हों। वहाँ रमा की सहेली के भावी पति रहते थे। उनका यह भी विचार बना कि शायद वे उनके प्रयास से इस समस्या से छुटकारा पा सकें। जीवन समाप्त करने के लिए साहस की आवश्यकता थी, जो वे नहीं जुटा पा रहे थे। अब उनकी जीवित रहने की इच्छा बलवती होने लगी। रमा ने सहेली के भावी पति से संपर्क साधा। वे भी उसी प्रदेश के मूल निवासी थे। वे आधुनिक विचारों के थे, लेकिन थे अनुभवहीन। जब यह समस्या उनके सामने रखी गई तो वे कुछ नहीं सोच पाए। उन्होंने अपने एक अनुभवी एवं परंपरावादी सहयोगी से संपर्क कर इस समस्या को हल करने में सहायता माँगी।

लखनऊ में रमा और सुरेश एक होटल में ठहरे हुए थे। वे इतने दुःखी तथा निराश थे कि होटल के कमरे में ही पड़े रहते थे, कमरे से बाहर निकलने का नाम तक नहीं लेते थे। होटल के कर्मचारियों को भी उनके इस व्यवहार पर आश्चर्य तथा शंका होती थी। उन्होंने सहेली के पति को होटल में बुलाया। वे होटल पहुँचे अवश्य, परं समस्या का हल उनकी समझ में भी नहीं आया। पहले दिन वे उनसे बिना कुछ कहे लौट आए। दूसरे दिन वे अपने मित्र को लेकर होटल पहुँचे। रमा और सुरेश कमरा बंद करके हताश शव की भाँति बिस्तर पर पड़े थे।

कुछ देर तक चारों में बातें होती रहीं। रमा और सुरेश तो बार-बार यही कह रहे थे—'हमारी सहायता कीजिए'। सहेली के भावी पति और उनके मित्र कमरे से बाहर आए। मित्र ने यह सुझाव दिया—'इन्हें पारिवारिक स्वस्थ वातावरण की आवश्यकता है। किसी स्वस्थ परिवार में रहकर इनकी निराशा तथा आत्मघाती प्रवृत्ति दूर हो जाएगी। इसलिए आप इन दोनों को अपने घर ले जाइए और कुछ दिन अपने पास रखिए, तब तक इनकी समस्या का हल खोज लिया

जाएगा।' इसपर भावी पति महोदय उछल पड़े और कहने लगे—'आजकल मेरे घर मेरी बड़ी बहन आई हुई है। वह तो इन्हें घर में घुसने भी नहीं देगी।' उनके मित्र उस प्रगतिशील व्यक्ति की इस उक्ति को सुनकर दंग रह गए।

रमा और सुरेश को होटल के कमरे में छोड़कर वे दोनों मित्र के घर आए। उन्होंने यह समस्या मित्र की पत्नी के सामने रखी। मित्र ने अपनी पत्नी से कहा, 'यदि तुम चाहो तो एक शिशु की जान और एक नारी की लाज बचा सकती हो।' पत्नी के पूछने पर मित्र ने कहा, 'रमा और सुरेश को अपने घर में तब तक रखना होगा जब तक उनकी इस समस्या का हल न ढूँढ़ लिया जाए।' मकान में स्थानाभाव होने पर भी पत्नी यह सहयोग देने के लिए तैयार हो गई। अब समस्या यह थी कि रमा के पास होटल का बिल चुकाने के लिए पैसे नहीं थे। इसलिए मित्र ने पत्नी से एक हजार रुपए लिये और दोनों मित्र होटल पहुँचे। उन्होंने होटल का बिल चुकाया और उन दोनों को मित्र के घर ले आए। मकान में केवल दो कमरे थे—एक में वे अपने दो बच्चों के साथ रहते थे और दूसरे कमरे में रसोईघर था। रमा और सुरेश को उन्होंने कमरे में ठहरा दिया और स्वयं रसोईघर में रहने लगे। उनके मकान से सटे हुए कई और मकान थे, जिनके निवासी एक-दूसरे के संबंध में सारी बातें जानने के लिए उत्सुक रहते थे। इसलिए पड़ोसियों को यह बताया गया कि वे दोनों पति-पत्नी हैं और कुछ दिनों के लिए आए हैं।

रमा और सुरेश परिवार के सदस्यों की भाँति रहने लगे। उन्हें खाने-पीने की पूरी सुविधा हो गई। अब प्रश्न था उनकी समस्या सुलझाने का। अब तक रमा को गर्भवती हुए पाँच महीने हो गए थे, इसलिए गर्भपात संभव न था। भावी पति, मेजबान और उनकी पत्नी ने उन दोनों को समझाया—'रमा के गर्भ में पल रहा शिशु सबसे महत्त्वपूर्ण है, उसकी रक्षा करना हमारा कर्तव्य है, जो ईश्वर ने हमें

सौंपा है। महत्त्व की दृष्टि से रमा का जीवन दूसरे नंबर पर आता है और सबसे अंत में सुरेश का स्थान है। वास्तव में, सुरेश की तो समस्या ही न थी। उसने तो समस्या पैदा की थी। पर गनीमत थी कि वह उसकी जिम्मेदारी लेने को तैयार था। उसको यह बताया भी गया कि यदि वह इस जिम्मेदारी से भागेगा तो उसे इसका फल भोगना पड़ेगा। तीसरी समस्या उनके सामने थी धनाभाव की। सुरेश ने फिल्म बनाने के लिए अपने इलाके के लोगों से पचास हजार रुपए उधार ले रखे थे, जो फिल्म न बन पाने के कारण वह नहीं चुका पा रहा था और कई महीने से अपने स्थान से गायब होने के कारण ऋण देनेवालों ने उसकी खोज करनी प्रारंभ कर दी थी। इधर उनके पास रोजाना के खर्च के लिए भी पैसे नहीं थे।

इन समस्याओं में सबसे कठिन समस्या फिल्म संबंधी ऋण माना गया। इसलिए सुरेश को यह सलाह दी गई कि वह अपने नगर जाकर ऋण देनेवालों से मिले और उन्हें ऋण लौटाने का आश्वासन दे। सुरेश जाने को तैयार हो गया, पर वह रमा को अकेला छोड़कर जाने को तैयार न था। हो सकता है कि वह ऐसी स्थिति में रमा को अकेला न छोड़ना चाहता हो या उसे घर के लोगों पर विश्वास न हो, उसे सब अपने जैसे ही लगते हों। खैर, इसका हल भी निकल आया। सहारा देनेवाले दंपती ने अपने एक डॉक्टर मित्र की सहायता से रमा को एक अस्पताल में भरती करा दिया। रमा उस अस्पताल में तब तक रही जब तक सुरेश ऋण देनेवालों को आश्वासन देकर वापस नहीं आया। लगभग बीस दिन तक दंपती रमा को मिलने अस्पताल जाते रहे और उसके लिए भोजन, दूध और फल भेजते रहे।

बीस दिन बाद सुरेश नगर से वापस आया और रमा अस्पताल से घर आ गई। अब प्रश्न था इन दोनों को स्थायी रूप से परस्पर जोड़ने का। तय हुआ कि इन दोनों का विवाह करा दिया जाए, जिसमें इनके परिवार के सदस्यों को भी बुलाया जाए। रमा नहीं

चाहती थी कि उसकी माँ को विवाह का समाचार मिले और वह विवाह में बाधक बने। रमा और सुरेश का विवाह एक आर्यसमाज मंदिर में कराया गया और प्रमाण के रूप में विवाह के छाया-चित्र भी खिंचवा लिये गए। साक्ष्य के रूप में दंपती के अनेक मित्र विवाह में उपस्थित हुए। विवाह की सूचना रमा और सुरेश के परिवार के सदस्यों को दी गई, पर वह इस प्रकार दी गई कि विवाह संपन्न होने के बाद ही उन्हें इसकी जानकारी हो। रमा का कन्यादान दंपती ने किया। स्वाभाविक था कि उनकी ओर से घर-गृहस्थी चलाने के लिए कुछ सामान भी दिया गया। रमा और सुरेश ने एक अलग मकान किराए पर ले लिया। दंपती ने उन्हें अपनी बेटी-दामाद की तरह विदा किया।

□

३

अनचाहा मोड़

उमा अपने भाई के पास रहने दिल्ली आई थी। उसका भाई दूरभाष विभाग में प्रशिक्षण प्राप्त कर रहा था। वह अपने एक मित्र के पास रहता था, उसका मित्र और उसकी पत्नी दोनों नौकरी करते थे। पति-पत्नी और उमा का भाई काम पर चले जाते थे और उमा घर पर रहकर सारा काम सँभालती थी। उसके भाई ने उसे इसीलिए बुलाया था। घर का सारा व्यय पति-पत्नी उठाते थे, उसके भाई का व्यय से कोई सरोकार नहीं था। इसलिए वह भी अपने भाई की सहायता करने की नीयत से सारा काम खुशी-खुशी करती थी।

उमा अपने माता-पिता के साथ गाँव में रहती थी, उसकी आयु बीस साल थी और उसका स्वास्थ्य भी अच्छा था। उसकी एक बड़ी बहन विवाहित थी, जो अपने पति के साथ उसी जिले के एक कस्बे में रहती थी। वह निस्संतान थी और अपने पारिवारिक जीवन से संतुष्ट नहीं थी। अपने पति के घर में न रहकर वह अधिकतर इधर-उधर रहना चाहती थी। उमा सीधी थी, पर उसकी बहन चतुर थी। जब उसे यह ज्ञात हुआ कि भाई की जरूरत के लिए उमा दिल्ली आ गई है तो वह भी भाई के पास दिल्ली पहुँच गई। उसके पति भी उसके साथ दिल्ली आ गए। उसने आते ही रसोईघर पर अधिकार जमा लिया। वह यह जानना चाहती थी कि घर के खर्च में

उसके भाई का योगदान कितना है। वह यह मानने को तैयार नहीं थी कि उसका भाई कुछ भी खर्च नहीं करता और न ही वह इन दिनों कुछ कमा रहा है। उसकी नीयत साफ नहीं थी। वह मित्र और उसकी पत्नी के लिए रूखा-सूखा भोजन परोसती। उसका ऐसा व्यवहार देखकर उसके भाई ने उसे घर वापस जाने को कहा। वापस जाने के लिए वह सहमत नहीं हुई। उसके पति को भी इस घर में खूब आराम और खाने-पीने को मिला। इसलिए वह भी वापस जाने में आनाकानी करने लगा। कोई और चारा न देख पति की बीमारी का बहाना कर वे दिल्ली में ही रुक गए। उन्हें पत्नी की सेवा पसंद नहीं आई। उन्होंने बीमारी के बहाने साली की सेवा की माँग की, जो उनकी पत्नी ने उपलब्ध कराई; क्योंकि वह पति की सेवा की अपेक्षा घर पर अधिकार करने में अधिक समय लगाती थी। अपने भाई या उनके मित्र से कुछ धन ऐंठने में बहन की रुचि अधिक थी।

उमा अपने बहनोई की सेवा करने के सुझाव को मना नहीं कर सकी। वह अपने जीजा की सेवा में लग गई और उसकी बहन घर पर अधिकार जमाने में। वह जीजा को दवा-दारू देती और उनके सूनेपन को भी मिटाती। वह उनके मन को बहलाती और शरीर को सहलाती। उनके इस व्यवहार का विरोध करनेवाले तीनों सदस्य घर से बाहर चले जाते थे। रही पत्नी की बात, वह ऐसी स्वीकृति देने क़ी आदी थी। उसने उमा व पति को परस्पर निकट आने की छूट दे दी, जिससे सामाजिक व नैतिक मूल्यों के किनारे टूट गए। उसके बाद अपराध-बोध से ग्रस्त होकर उमा के बहनोई अपनी पत्नी को लेकर अपने घर चले गए।

अकस्मात् एक दिन उमा की तबीयत खराब हो गई। वह समझ नहीं पाई कि उसे ऐसा क्यों हो रहा है। एक-दो दिन तो उसने इसकी परवाह नहीं की, पर इसके बाद रोज उसका जी मिचलाता और उलटियाँ होतीं। अनुभवहीन होने के कारण वह इस

समस्या का कारण समझ नहीं सकी। इस संबंध में वह अपने भाई, उनके मित्र अथवा उनकी पत्नी को न बताकर अपने जीजा को पत्र लिखने बैठ गई।

''आदरणीय जीजाजी, आप दिल्ली में बीमार हो गए थे। मैंने आपकी सेवा की, पता नहीं आप बीमार थे या आपने बीमारी का बहाना बनाया था। बड़ी बहन के पति होने के नाते मैं आपका आदर करती थी। मुझे इस संबंध में अनुभव नहीं था, मुझे आपसे यह अपेक्षा नहीं थी। आपने मेरे जीवन के साथ यह खिलवाड़ क्यों किया?…''

उमा पत्र लिख ही रही थी कि इतने में मित्र की पत्नी अपने कार्यालय से आ गई। उमा उनके भोजन का प्रबंध करने ऊपर की मंजिल में स्थित रसोईघर में चली गई और अधलिखा पत्र वहीं छोड़ गई। मित्र की पत्नी की निगाह उस पत्र पर पड़ी। उनकी जानने की उत्सुकता स्वाभाविक थी कि उमा को अपने जीजा को पत्र लिखने की क्या आवश्यकता आ पड़ी। वे एक साँस में पत्र पढ़ गईं और पढ़कर सन्न रह गईं। उन्होंने वह पत्र अपने पास रख लिया। उमा ने पत्र गायब हो जाने पर भी कोई प्रतिक्रिया नहीं दिखाई। वह भोली थी और बदनामी से भी डरती थी। उस घटना के संबंध में वह बात भी नहीं करना चाहती थी। मित्र की पत्नी ने पति के आने का इंतजार किया और कार्यालय से वापस आने पर उनके चरण स्पर्श किए। उनकी आँखों में आँसू आ गए। पत्नी के विचित्र व्यवहार को देखकर पति आश्चर्यचकित होकर पूछने लगे—"क्या बात है? आज इतना स्वागत क्यों हो रहा है?"

पत्नी बोली, "आज हमें भगवान् ने बचा लिया, नहीं तो हम जीवन भर के लिए कलंकित हो जाते।" यह कहकर उन्होंने वह पत्र पति के आगे रख दिया। पत्र पढ़कर पति हैरान रह गए और अपनी खैर मनाने लगे, क्योंकि इस स्थिति में अपराध के लिए वे ही पकड़े

जाते। अपराध करनेवाला तो गायब हो गया था और भाई पर शंका करने का तो प्रश्न ही नहीं उठता।

रात की ड्यूटी समाप्त कर उमा का भाई घर आया। उसे भी वह पत्र दिखाया गया। पत्र पढ़कर वह दंग रह गया और अत्यंत क्रोधित होकर बोला, "मैं आज ही गाँव जाऊँगा और बहनोई को गोली मार दूँगा।" बात बिगड़ती देख उसके मित्र ने उसे समझाया। इस तरह तुम्हारी बड़ी बहन विधवा हो जाएगी और छोटी बहन की शादी नहीं होगी, इसलिए समस्या को शांतिपूर्वक निपटाना चाहिए। उनका सुझाव था कि उमा का गर्भपात करा दिया जाए। पर ऐसा कराने से पहले उसके पिता को विश्वास में लेना चाहिए। यह भी विचार आया कि पिता को विश्वास में लेने के लिए शायद एक पत्र पर्याप्त न हो।

परस्पर सलाह करने के बाद यह तय हुआ कि अगला कदम उठाने के पहले प्रतीक्षा की जाए। उमा तो परेशान थी ही, इसलिए उसे चैन कहाँ? अगले दिन उसने दूसरा पत्र लिखा। पत्र को लिफाफे में बंद करके उसने अपने भाई को दे दिया कि वह उसे लेटर बॉक्स में डाल दे। गाँव से आने के बाद वह घर से बाहर कभी नहीं निकली थी। दूसरे, इस संबंध में उससे कोई चर्चा भी नहीं हुई थी। उसे विश्वास था कि इसके बारे में किसी और को पता नहीं है। उसने सहज भाव से वह पत्र अपने भाई को दे दिया।

भाई ने वह पत्र अपने पास रख लिया और एकांत में पढ़ा। दूसरे पत्र में भी उसने वही दुखड़ा रोया था। अब सबूत के रूप में भाई के पास दो पत्र थे, जिससे जबरदस्ती पत्र लिखवाने की संभावना कम हो गई।

उमा के भाई ने पिता को दिल्ली आने के लिए तार भेजा। तार प्राप्त कर वे अगले दिन दिल्ली आ गए। आकर देखा कि सब लोग ठीक हैं। वे पूछने लगे कि ऐसी क्या परेशानी थी, जो मुझे तार भेजा।

पिता को देखकर उमा भी हैरान हुई। उमा के पिता ने वे दोनों पत्र पढ़े तो वे भी दामाद को दंड देने की बात कहने लगे। परस्पर विचार-विमर्श कर यह तय हुआ कि क्रोध में बदला लेने से हानि ही होगी। इसलिए चुपचाप उमा की सफाई करा दी जाए और यह सफाई ऐसी जगह कराई जाए कि किसी को इसके बारे में जानकारी न हो।

उमा को प्राइवेट डॉक्टर के यहाँ ले जाया गया, पर उसे उसका कारण नहीं बताया गया। जब डॉक्टर ने उसकी जाँच की तो उमा को भी उसका अनुमान हो गया। उस समय उसकी माँ बनने की इच्छा जाग उठी और वह उसका विरोध करने लगी। डॉक्टर ने उसके अंधकारपूर्ण भविष्य का ऐसा मार्मिक चित्रण किया कि वह गर्भपात के लिए तैयार हो गई। आवश्यक उपचार के बाद वह ठीक हो गई। कुछ दिन आराम करने के बाद उसे गाँव भेज दिया गया। सभी लोगों ने भगवान् के प्रति कृतज्ञता प्रकट की। उसी वर्ष उमा का विवाह हो गया और उसे आशीर्वाद देने के लिए मित्र और उसकी पत्नी भी विवाह में सम्मिलित हुए।

□

४

शर्त अपनी-अपनी

भ्रमर अपनी पत्नी मधु से मिलने चौदह वर्ष बाद आया था। उनकी पुत्री अनीता तेरह वर्ष की हो चुकी थी। पता नहीं, भ्रमर को अनीता की चिंता हुई या उसे कहीं और से निराशा हुई।

मधु ने भ्रमर से पूछा, ''क्या उस लता से बिगाड़ हो गया, विवाह के दो वर्ष बाद ही जिससे तुमने मुझे मिलाया था।''

भ्रमर ने मधु पर ताना कसते हुए कहा, ''तुम तो मेरे माता-पिता के साथ दो वर्ष भी न निभा पाईं।''

मधु ने उत्तर दिया, ''मैंने तो उनके साथ निभाने की पूरी कोशिश की, पर वे सदैव मेरे माता-पिता और भाई-बहन का अपमान करते थे। आखिर जिन माता-पिता ने मुझे जन्म दिया और मेरा पालन-पोषण किया तथा जिन भाई-बहन के साथ मैं बचपन में खेली और किशोरावस्था में अपने भावी जीवन की कल्पना की, उनका अपमान मैं कैसे सह सकती थी? मेरे सास-ससुर को तो यह भी बुरा लगता था कि मेरे मायके के लोग दूरभाष पर मेरी कुशलता पूछते हैं। पता नहीं, उन्हें क्या अपराध-बोध है कि वे मुझसे भी यह अपेक्षा करते हैं कि मैं भी अपने मायकेवाले और संबंधियों के साथ दुर्व्यवहार करूँ।''

भ्रमर ने मधु की दुःखती नस पर चोट करते हुए उससे पूछा,

"क्या तुम्हें कभी अकेलापन महसूस नहीं होता?" मधु ने शांति से उत्तर देते हुए भ्रमर को याद दिलाया, "मेरे साथ तो तुम्हारी पुत्री अनीता है और हम दोनों एक-दूसरे को प्यार करते हैं। पता नहीं आपको याद भी है या नहीं कि इसका जन्म हमारे अलग होनेवाले वर्ष में ही हो गया था। कहीं तुम उत्तरदायित्व से बचने के लिए भूल तो नहीं गए हो, पुत्र होने पर शायद तुम्हारा व्यवहार कुछ भिन्न होता। खैर, तुम बताओ कि चौदह वर्ष बाद तुम्हें मेरी याद कैसे आई?"

भ्रमर निरुत्तर हो गया, क्या जवाब देता? एक तो अकेलापन और दूसरे पुत्री के उत्तरदायित्व से भागने का अपराध-बोध।

भ्रमर ने मधु से कहा, "कभी-कभी तुम्हारे साथ घूमने की इच्छा होती है।" मधु ने प्रतिक्रिया की, "क्यों, साथ-साथ रहने की इच्छा नहीं होती?" फिर उसने भ्रमर पर निशाना साधा, "क्या उस लता का साथ नहीं मिलता?" भ्रमर ने साथ रहने के प्रश्न पर फिर माता-पिता का बहाना बनाया और लता के बारे में बताया कि उसके पास भी दस वर्ष की एक पुत्री है।

मधु ने भ्रमर पर फिर चोट की, "अच्छा, तो तुम उस महिला के साथ घूमना तो चाहते हो, पर उसकी पुत्री का उत्तरदायित्व नहीं लेना चाहते।"

भ्रमर अपनी पुत्री और पत्नी का उत्तरदायित्व तो लेना चाहता था, पर अपने माता-पिता से अलग भी नहीं रहना चाहता था। वह माता-पिता से कुछ नहीं कह पाता था, यह उसकी कमजोरी थी और कठिनाई भी। दूसरी ओर, वह हमेशा मधु को ही समझाता था; पर वह भी सास-ससुर की ऐसी अनुचित बात को कैसे मानती। भ्रमर ने अपना अकेलापन दूर करने और पत्नी के प्रति स्नेह व्यक्त करने, अपना अपराध-बोध कम करने के लिए अपने साथ पुत्री को घुमाने का प्रस्ताव रखा, पर वह प्रस्ताव बेटी अनीता को स्वीकार्य नहीं था। इस संबंध में भ्रमर को मधु से ही शिकायत थी कि वह पिता के

साथ घूमने के लिए पुत्री को नहीं समझा पाती है। पिता के साथ पुत्री के घूमने के लिए मधु तो आपत्ति नहीं करती थी, पर मधु के माता-पिता इस बात की अनुमति नहीं देते थे कि अनीता पिता के साथ अकेली घूमने जाए। इसका कारण भ्रमर के प्रति उनका अविश्वास था और वे यह भी सोचते थे कि इसी दबाव में शायद भ्रमर और मधु का वैवाहिक जीवन अपेक्षित रूप से प्रभावित हो जाए। जैसे भ्रमर अपने माता-पिता से मधु के प्रति व्यवहार के लिए कुछ नहीं कह पाता था, इसी प्रकार मधु भी अपने माता-पिता की इच्छा के विरुद्ध कुछ नहीं करना चाहती थी, क्योंकि वह उनपर पूर्णतया निर्भर थी।

भ्रमर तेरह वर्षों में दो जगहों से निराश हो चुका था। इसका कारण यह था कि वह दूसरे पक्ष से लेना ही चाहता था, उसे देना नहीं। उसमें अकेले रहने की हिम्मत नहीं थी और वह अपनी कमजोरी भी छिपाना चाहता था। उसने अपने अकेलेपन की परेशानी छिपाते हुए मधु से पूछा, "क्या तुम्हें अकेलापन नहीं अखरता?"

मधु ने जवाब दिया, "शुरू में अखरता था, पर अब आदत पड़ गई है। मैंने अपना प्रबंध कर लिया है, मुझे अब और किसी की जरूरत महसूस नहीं होती।"

भ्रमर को उसकी इस बात पर विश्वास नहीं हुआ और कहने लगा, "मुझे मालूम हुआ है कि तुम परेशान हो और तुम्हें मेरी जरूरत है। मैं तुम्हारी और बेटी की देखभाल करना चाहता हूँ।" मधु को भ्रमर की इस बात पर विश्वास नहीं हुआ और उसने आत्मविश्वास दिखाया, "मैं अपनी और बेटी की देखभाल स्वयं ही करूँगी।"

भ्रमर को संयोग-वियोग की अवधि में एक मूल बात समझ में आई कि किसी के माँ-बाप बच्चों का साथ जीवन भर नहीं दे सकते, उन्हें तो संसार छोड़कर जाना ही होता है। उसने मधु को समझाया, "जीवन भर न मैं अपने माता-पिता के साथ रह सकता हूँ

और न तुम।" वह समझदार बनकर अपनी कमजोरी को छिपाना चाहता था।

मधु ने ताना देते हुए कहा, "तुमने यह बात पहले क्यों नहीं सोची और अपने माता-पिता को क्यों नहीं समझाया?" मधु ने स्पष्ट किया, "वह उनकी गलत बातों को कभी नहीं मानेगी।" उसने भ्रमर से आग्रह किया, "वह कुछ दिन माता-पिता से अलग रहे तो उनका दबाव कम होगा और उन्हें भी कुछ समझ आएगी। जैसे मैं और तुम एक-दूसरे से इतने वर्ष अलग रहे, तुम्हारे माता-पिता कम-से-कम कुछ महीनों तक तुमसे अलग रहकर देखें। मैंने तो इतने वर्ष अलग रहकर तुम्हारी पुत्री की जिम्मेदारी भी निभाई। यदि तुम्हारे माता-पिता पुरानी बातों को भूलने और माफी माँगने को तैयार हों तो मैं तुम्हारा साथ दे सकती हूँ, वरना मैंने भी अपनी बेटी के साथ स्वतंत्र रूप से रहने का इंतजाम कर लिया है।"

भ्रमर ने अपने माता-पिता को सारी स्थिति बताई और अपने अलग होने का संकेत देकर उन्हें अपराध-बोध भी कराया। इतनी लंबी अवधि की मार खाकर अबकी बार भ्रमर के माता-पिता मधु की शर्त मान गए। इस तरह उस परिवार ने एक नया जीवन प्रारंभ किया।

□

५

उदारता

संध्या समय मंदिर में विष्णु की विशाल मूर्ति के सामने एक अत्यंत सुंदर युवती श्वेत वस्त्र धारण किए ध्यानस्थ बैठी थी। बिजली के प्रकाश में उसका सौंदर्य निखर रहा था। वह तपस्विनी जैसी लग रही थी। पर उसके सौंदर्य की उपेक्षा करना पुरुष की दृष्टि को संभव नहीं था। उस तपस्विनी की एक घनिष्ठ सहेली और उसके पति भी विष्णु के दर्शन के लिए वहाँ आए थे। सहेली के पति की दृष्टि को उस तपस्विनी के सौंदर्य ने अनायास आकृष्ट कर लिया। कुछ क्षणों के लिए उनकी दृष्टि विष्णु की मूर्ति से हट गई। वे अपने मन को न रोक सके और अपनी पत्नी से बोले, "देखो तो, इस असीम सौंदर्य ने तपस्विनी का वेश धारण किया है।" तपस्विनी की सहेली ने उसकी ओर देखा और वह उसे देखकर स्तब्ध रह गई। उसके मुँह से चीख निकली, "अरे, यह तो श्वेता है, इसे क्या हो गया है, जो इसने ऐसा वेश धारण किया है?" उसने पुकारा, "श्वेता!" श्वेता ने जब अपना नाम सुना, तो उसने आँखे खोलीं, सामने देखा कि उसकी सहेली उसके सामने खड़ी उसे पुकार रही है। वह उसकी सहपाठी थी और दोनों छात्रावास में एक ही कमरे में दो वर्ष तक साथ-साथ रही थीं। श्वेता अपना नाम परिचित आवाज में सुनकर तुरंत उठी और अपनी सहेली कमलिनी के गले लग गई।

यह दृश्य देखकर कमलिनी के पति को आश्चर्य मिश्रित प्रसन्नता हुई। कमलिनी ने श्वेता से पूछा, "यह तुझे क्या हो गया है, सौंदर्य की प्रतिमा तपस्विनी हो गई है।" श्वेता ने कमलिनी से कहा, "इसकी कहानी लंबी है। तुम मेरी प्रिय सहेली हो, तुम्हें पूरी कहानी सुनाऊँगी।" श्वेता, कमलिनी और कमलिनी के पति तीनों पास पड़ी एक बेंच पर बैठ गए। श्वेता ने अपनी कहानी प्रारंभ की—

"दो वर्ष तक तुम्हारी सहपाठी रहकर शिक्षा समाप्त करने के बाद तीसरे वर्ष मेरी शादी हो गई। मेरी शादी खूब धूमधाम से हुई। शादी के बाद कुछ दिन तक सास-ससुर के पास रहकर मैं अपने पति के साथ पटना चली गई। वहाँ मेरे पति एक प्रतिष्ठित कंपनी में इंजीनियर थे। उन्हें कंपनी की ओर से निवास के लिए एक भवन मिला हुआ था। वह भवन बहुत बड़ा था। इतने बड़े भवन में मुझे अकेलापन लगा। मेरे अकेलेपन की बात को लेकर मेरे पति ने कहा, 'तुम अकेली नहीं रहोगी। मेरे साथ पहले से ही कोई रह रहा है।' उनके साथ एक महिला पहले से ही रहती थी, उसका नाम था श्यामा। अजीब बात यह थी कि वह महिला विवाहित थी और उसके पति इंदौर में रहते थे। वह अपने पति के साथ न रहकर इनके साथ ही रहती थी। घर पर भी वह अधिकतर इनके पास ही रहती थी। मुझे समय नहीं मिल पाता था कि मैं पत्नी के रूप में इनसे बात भी कर सकूँ। मेरे पति किसी भी प्रकार उसकी उपेक्षा नहीं कर पाते थे। आश्चर्य की बात तो यह थी कि उसके पति ने इनके साथ उसके रहने के संबंध में कभी आपत्ति नहीं की।

"इस सारी स्थिति को देख-समझकर मैंने सोचा कि उस महिला को प्रसन्न और संतुष्ट कर लूँ तो शायद उसके माध्यम से ही मैं अपने पति के मन को जीत सकूँ। इसलिए मैंने अपना व्यवहार बदला। मैंने इनके साथ उसके रहने का विरोध नहीं किया। उसके मन को जीतने के लिए मैं बाजार से कुछ भी खरीदकर लाती, उसमें

उसका भी ध्यान रखती। दो साड़ियों में से एक साड़ी उसके लिए खरीदती। यहाँ तक कि मैं अपने मायके से जो सामान ले गई थी, उसमें से भी उसके साथ बाँटा। वह मेरे इस व्यवहार से भी संतुष्ट नहीं हुई और उसने मेरे पति पर अपना अधिकार कम नहीं किया। जब कभी वे पटना से बाहर ड्यूटी पर जाते तो अटैची में वह ही इनका सामान रखती और मैं देखती रह जाती।

इन दोनों का ऐसा संबंध तथा व्यवहार देखते-देखते मैंने एक दिन साहस बटोरकर अपने पति से कहा, 'मैं आपको तलाक देने को तैयार हूँ, आप उसे स्वीकार कर लीजिए। फिर आप दोनों आराम से साथ-साथ रहना।' यह सुनकर मेरे पति अवाक् रह गए। पता नहीं क्यों, मेरे पति इसके लिए साहस नहीं कर सके या वह महिला इस बात के लिए तैयार नहीं हुई। मेरे साथ यह सबकुछ घटता रहा, पर मैंने अपने माता-पिता को इस बारे में कभी कुछ नहीं बताया।

"इसी सिलसिले में कुछ दिन बाद उन्हें अपने कार्यालय के काम से लखनऊ जाना था। घर आकर वे लखनऊ जाने की तैयारी करने लगे। उस दिन वह महिला इनके साथ नहीं थी। ये अटैची में अपना सामान स्वयं रखने लगे। मैंने इनकी सहायता करने की कोशिश की, पर यह इन्हें स्वीकार्य नहीं था। एक-दो बार इन्होंने मेरा हाथ भी झटक दिया। पति के इस व्यवहार पर मुझे शंका हुई, लेकिन मैं स्थिति को नहीं समझ सकी।

"वे रात की गाड़ी से लखनऊ चले गए। वह महिला उनके साथ थी। मैंने भी उसी गाड़ी से लखनऊ जाने का प्रोग्राम बनाया, पर यह सावधानी रखी कि वे मुझे देख न लें। बहरहाल, लखनऊ में वे दोनों नकली नाम से एक होटल में ठहरे। मैं अपने मायके चली गई। शंका होने पर भी मैंने अपने माता-पिता से कुछ नहीं कहा। मुझे रात भर नींद नहीं आई और मैं इनके बारे में ही सोचती रही और डरती रही।

"सुबह उठी, समाचार-पत्र पढ़ा। समाचार था—पति-पत्नी ने होटल में आत्महत्या कर ली। मुझसे नहीं रहा गया। पिता के साथ मैं होटल गई और देखा कि दोनों ने प्राण त्याग दिए हैं। पास रखा एक कागज मिला। उसपर लिखा था—अगले जन्म में मिलेंगे।"

सहेली ने पूछा, "यह लड़की कौन थी?"

श्वेता ने बताया, "यह वही लड़की थी, जो 'पलंग' की प्रथा मनाते हुए वर-वधू के साथ पलंग पर बैठी थी और तुम्हारे पति ने उसके पलंग पर बैठने पर आपत्ति उठाई थी। मैं 'वह' हो गई थी और वह 'मैं' हो गई थी। हो सकता है, उसने मुझसे किसी पिछले जन्म का बदला लिया हो। बहरहाल, मेरा सौंदर्य मेरे काम नहीं आया।"

□

६

स्त्री के रूप

तृप्ति की आयु विवाह-योग्य हो गई थी। उसके माता-पिता ने उसके लिए उपयुक्त वर ढूँढ़ना प्रारंभ कर दिया। अपनी पुत्री के लिए वर चुनने के उनके सामने दो आधार थे—एक, उसका रूप-रंग और दूसरा उसकी मासिक आय। उन्हें उसमें कोई बुराई नहीं दिखती थी कि युवक किस ढंग से अधिक कमाई करता है। उन्हें तो केवल उसकी आमदनी से मतलब था। वर के रूप-रंग को वे इसलिए महत्त्व देते थे, क्योंकि तृप्ति भी सुंदर और आकर्षक थी। तृप्ति का ध्यान आमदनी पर नहीं था, वह चाहती थी कि उसका पति एक ईमानदार व्यक्ति हो। पर वह यह अवश्य चाहती थी कि उसके पति का रूप-रंग उससे मेल खाता हो। उसके लिए पति के रूप में युवक का चुनाव मुख्य रूप से उसके माता-पिता पर निर्भर था। वह उनकी इच्छा के खिलाफ नहीं जा सकती थी। आखिरकार, उसके माता-पिता ने एक इंजीनियर युवक को पसंद किया और तृप्ति को उसे स्वीकार करना पड़ा। उस युवक का नाम था—धनीराम।

धनीराम और तृप्ति का विधिवत् विवाह हो गया। तृप्ति अपनी ससुराल चली गई। कुछ महीने अपने सास-ससुर के पास रहकर वह पटना चली गई, जहाँ उसका पति एक भवन निर्माण कंपनी में इंजीनियर के पद पर कार्यरत था। उसे वहाँ से वर्ष भर का बारह लाख रुपए

का पैकेज मिलता था। वह एक लाख रुपए मासिक आय से संतुष्ट नहीं था और हमेशा अधिक धन कमाने के उपाय सोचता रहता था।

कंपनी बहुत बड़ी थी। वह भवन निर्माण का ठेका तो लेती थी, पर निर्माण-कार्य छोटे ठेकेदारों को सौंप देती थी। धनीराम के सुपुर्द काम था–उन ठेकेदारों के काम का निरीक्षण करना। धनीराम की रिपोर्ट के आधार पर ही कंपनी उन ठेकेदारों को काम के पैसे की अदायगी करती थी। धनीराम अपनी मासिक आय से संतुष्ट नहीं था । इसलिए उसने ठेकेदारों से रिश्वत लेना शुरू कर दिया। वह रिश्वत अपने घर या दफ्तर में न लेकर एक होटल में लेता था। कुछ दिनों तक यह सिलसिला चलता रहा। पर यह सब देखकर होटल के कर्मचारियों का मन भी ललचाने लगा। अपनी आमदनी कम होने की चिंता और पकड़े जाने के भय से उसने ठेकेदारों से रिश्वत लेने का स्थान बदलना चाहा। होटल का एक कर्मचारी उसका दोस्त बन चुका था, जो उसके इस कार्य की व्यवस्था करता था। धनीराम की यह इच्छा जानकर उसने उसे अपने घर को अपना कार्यालय बनाने की राय दी और उसकी व्यवस्था करने का भार अपनी पत्नी पर डाल दिया। ठेकेदारों की व्यवस्था में उनके खाने-पीने की व्यवस्था भी शामिल थी। उसने अपनी पत्नी को धन कमाने का साधन बनाया। होटल के कर्मचारी की पत्नी ने धनीराम तथा ठेकेदारों की खातिरदारी की व्यवस्था करनी शुरू कर दी। कर्मचारी होटल में अपनी नौकरी पर नियमित रूप से जाता रहा जिससे किसी को कोई शक न हो।

होटल के कर्मचारी की पत्नी द्वारा चलाई जा रही व्यवस्था से धनीराम और सभी ठेकेदार प्रसन्न और संतुष्ट थे। वे उस व्यवस्था को एक स्त्री द्वारा आयोजित व्यवस्था के रूप में ही देख रहे थे, किसी के निवास पर उसकी पत्नी द्वारा चलाई जा रही व्यवस्था के रूप में नहीं। धन के लालच में एक पत्नी स्त्री के रूप में बदल गई। धनीराम को अधिक-से-अधिक कमाई करने का चस्का तो लग

ही गया था। साथ ही, वह यह भी अनुभव करने लगा कि एक स्त्री द्वारा चलाई गई व्यवस्था से ठेकेदार प्रसन्न और संतुष्ट भी रहते हैं, जिससे वे पहले की अपेक्षा रिश्वत में और अधिक धन दे जाते हैं।

धन के लालच में वह अपने घर को होटल के रूप में और अपनी पत्नी को केवल एक स्त्री के रूप में देखने लगा। यद्यपि उसका चौदह वर्ष का एक पुत्र भी था। पर उसकी चिंता किए बिना उसने अपनी पत्नी से कहा, "मैं चाहता हूँ कि पैसे देनेवाले ठेकेदार हमारे घर आएँ और तुम इनके स्वागत-सत्कार के लिए व्यवस्था करो। तुम एक स्त्री हो और इस कारण तुम अच्छी व्यवस्था कर सकती हो। तुम अपनी नौकरी छोड़ दो और मुझे इस कार्य में सहायता दो।"

तृप्ति कुछ दिनों से अपने पति में यह परिवर्तन देख रही थी। होटल के कर्मचारी की पत्नी ने उसके घर आना-जाना शुरू कर दिया था। वह उसके घर में अधिकारपूर्ण व्यवहार करती थी। तृप्ति के पति ने उसे अलग से कुछ राशि देनी भी प्रारंभ कर दी थी। धनीराम धन के लालच में कर्मचारी की पत्नी और अपनी पत्नी में अंतर नहीं कर पा रहा था। वह उन दोनों को केवल स्त्री के रूप में देख रहा था और वह भी अनैतिक ढंग से अधिक-से-अधिक धन कमाने के साधन के रूप में।

तृप्ति शिक्षित और स्वाभिमानी थी। उसमें आत्मविश्वास था। उसने पत्नी का रूप त्यागकर अधिक-से-अधिक धन कमाने के साधन के रूप में एक सामान्य स्त्री का रूप धारण करने से साफ इनकार कर दिया। वह अपने पुत्र को साथ लेकर पति से अलग रहने लगी। उसने अपनी नैतिक आय के सहारे अपने पुत्र का पालन-पोषण कर उसे बड़ा किया। उसने शक्ति-रूपा माता का रूप ग्रहण किया, उसका पत्नी का रूप भी गौण हो गया। पर उसने पत्नी और माता के स्थान पर स्त्री का रूप नहीं अपनाया, यही उसके व्यक्तित्व की परिणति थी। □

७

प्रतीक्षा

कामना ने बड़े उत्साह से बी.ए. पास किया था। वह उसके सहारे अपना भविष्य बनाना चाहती थी। वह काम की तलाश में घर से बाहर भी जाती थी। वह बहिर्मुखी स्वभाव की युवती थी। उसे लोगों से मिलना-जुलना अच्छा लगता था। वह सुंदर और चुस्त थी। इस कारण लोगों का ध्यान अपनी ओर सहज ही आकर्षित कर लेती थी। उसका पति संतोष अंतर्मुखी था। वह दिन भर पिता की दुकान पर बैठता और शेष समय अपनी माता की जी-हुजूरी में ही बिताता था। कामना की सास लक्ष्मी उसका घर से बाहर जाना पसंद नहीं करती थी। वह उसपर शंका करती थी और साथ ही कामना से मिलने आनेवाले लोगों से भी चिढ़ती थी। इसी बात पर सास-बहू का परस्पर विवाद होता था। संतोष अपनी माँ से कुछ नहीं कह पाता था। विवाह से पूर्व कामना को देखने के लिए लक्ष्मी और उसके पति धर्मप्रकाश ही गए थे, संतोष नहीं गया था। उन्होंने ही अपने पुत्र के लिए कामना को पसंद किया था। उस पसंदगी में भी लक्ष्मी का मत महत्त्वपूर्ण था। इसलिए वह कामना पर अपना अधिकार समझती थी। उसका कहीं आना-जाना भी वह अपने अधिकार में रखना चाहती थी। सास-बहू में विवाद होने पर संतोष कभी कुछ नहीं बोलता था, पर कभी-कभी धर्मप्रकाश बीच में बोल देते थे।

लक्ष्मी उनके इस व्यवहार को पसंद नहीं करती थी।

कामना के बाहर आने-जाने के संबंध में मतभेद होने के कारण सास-बहू का विवाद इतना बढ़ गया कि एक दिन आधी रात को लक्ष्मी ने कामना को पीटना शुरू कर दिया। इस झगड़े में लक्ष्मी के बड़े लड़के असंतोषी ने अपनी माँ का साथ दिया और कामना को थोड़ा घायल भी कर दिया। असंतोषी की पत्नी अपने पति और सास के व्यवहार से त्रस्त होकर ससुराल छोड़कर पहले से ही अपने मायके में ही रहने लगी थी। असंतोषी को यह अच्छा नहीं लगता था कि उसका छोटा भाई संतोष अपनी पत्नी के साथ आराम से रह रहा है। उसे उन दोनों से ईर्ष्या होने लगी थी। बहरहाल, इस मार-पीट में कामना के ससुर धर्मप्रकाश ने कामना का पक्ष लिया। इस झगड़े की रिपोर्ट लिखवाने कामना रात्रि में ही थाने चली गई। इस काम में उसके ससुर ने उसका साथ दिया। ससुर की सलाह मानकर उसने रिपोर्ट तो नहीं लिखवाई, पर थाने के प्रभारी को मौखिक रूप से सारा किस्सा बताया। थाना प्रभारी ने उनके साथ घर आकर लक्ष्मी और उसके बड़े बेटे असंतोषी को डरा-धमकाकर उस रात्रि की घटना पर परदा डाल दिया। पर न कामना की परेशानी दूर हुई और न उस परिवार में विवाद शांत हुआ।

उस रात्रि की घटना के बाद परिवार दो फड़ों में बँट गया। एक फड़ में लक्ष्मी और उसका बड़ा पुत्र असंतोषी और दूसरे फड़ में कामना और उसके ससुर धर्मप्रकाश। कामना का पति शांत रहता था, वह किसी के पक्ष अथवा विपक्ष में कुछ नहीं कहता था। इसलिए कामना को अपने पति के प्रति सहानुभूति भी थी और उसे वापस प्राप्त करने की आशा भी थी। जिस रात्रि मार-पीट हुई थी, उसके बाद लक्ष्मी ने संतोष को अपने कमरे में सुलाना शुरू कर दिया। वह कामना से बदला लेना चाहती थी। इसके लिए उसने अपने पति का शयनकक्ष भी बदल दिया।

परिवार के प्रत्येक सदस्य के असंतुष्ट होने के कारण लगभग प्रतिदिन विवाद होने लगा। घर के अंदर झगड़ा प्रारंभ होता और आवेश बढ़ जाने के कारण दोनों दल मुख्य द्वार पर और फिर बाहर निकलकर गली में लड़ने लगते। एक-दूसरे के प्रति उनकी शंकाएँ पड़ोसियों के मन में शंका पैदा करने लगीं। एक-दूसरे के प्रति शंका बढ़ने का एक कारण यह भी था कि उन्हीं दिनों कामना ने एक पुत्र को जन्म दिया। पुत्र के जन्म से कामना, उसके पति और ससुर प्रसन्न थे, उन्होंने उसकी खुशी भी मनाई। पर लक्ष्मी और उसके बड़े बेटे को यह अच्छा नहीं लगा। उनकी ये बातें जब पड़ोसियों के सामने जातीं तो उनमें से कुछ कामना के प्रति सहानुभूति प्रकट करते और कुछ उसकी व उसके परिवार की हँसी उड़ाते।

कामना का दुर्भाग्य! उन्हीं दिनों उसके ससुर बीमार पड़ गए और तीन महीने बीमार रहकर स्वर्ग सिधारे। सास, पति और जेठ के होते हुए भी अब इस घर में वह अकेली पड़ गई थी। उसके पति तो कुछ बोलते ही नहीं थे। इसी कारण वह कहा करती थी कि मैं अपने पति और अपने पुत्र के पिता को खोना नहीं चाहती हूँ। जब कभी वे एक-दूसरे के सामने पड़ जाते तो कामना उससे कहती-'मेरी किसी से कैसी भी लड़ाई हो जाए, पर मैं अपने लिए और अपने पुत्र के लिए तुम्हें खोना नहीं चाहती हूँ।' कामना की इस सहानुभूति ने पति के मन में उसके प्रति स्नेह पैदा कर दिया था। माँ के बार-बार कहने पर भी वह कामना से तलाक लेने को तैयार नहीं हुआ, पर अब भी माँ से लड़ने की हिम्मत उसमें नहीं थी।

कामना ने अपनी सास और जेठ से लड़ने का मन बना लिया। उसे पति की उदासीनता ने हतोत्साहित नहीं किया। जब पड़ोसियों की सहायता से भी विवाद नहीं निपटा तो उसने कचहरी की शरण ली। उसके सामने मुकदमे के खर्चे की समस्या थी। इसके लिए वह एक अनाथालय में काम करने लगी। वहाँ से उसे कुछ मासिक आय

होने लगी। अनाथालय के अध्यक्ष ने उसे मुकदमे के खर्च के लिए राशि दी। कामना ने ससुर के भवन और उनके व्यवसाय में से अपने पुत्र का हिस्सा लेने के लिए सास और जेठ पर न्यायालय में मुकदमा कर दिया। न्यायालय ने उसके प्रार्थना-पत्र को उचित मानकर उसे उसी भवन में रहने के लिए दो कमरे दिलवाए और ससुर के व्यवसाय से बीस हजार रुपए मासिक की राशि उसके और पुत्र के गुजारे के लिए निश्चित कर दी। वह अपने पुत्र के साथ उसी भवन में रह रही है और अपने पति का प्यार तथा संरक्षण पाने की प्रतीक्षा कर रही है।

□

८

बीमारी का इलाज

कमला अपनी सहयोगी लक्ष्मी से बोली, "डॉक्टर साहब मुझे पत्नी के रूप में स्वीकार करने को तैयार हो गए हैं; पर वे यह चाहते हैं कि हमारा विवाह विधिवत् हो।"

लक्ष्मी ने चकित होकर पूछा, "कौन से डॉक्टर साहब?" कमला ने लक्ष्मी के प्रश्न का समाधान किया, "वे ही डॉक्टर साहब, जो मेरे टी.बी. के रोग का इलाज कर रहे हैं।" लक्ष्मी ने व्यंग्य किया, "अच्छा, शरीर का इलाज कराते-कराते तुम्हारे दिल का इलाज भी हो गया।"

कमला के रूप-रंग और आकृति पर डॉक्टर साहब रीझ गए थे। उन्हें रोग के प्रति कोई परहेज नहीं था।

लक्ष्मी ने कमला से पूछा, "विधिवत् विवाह कराने में रुकावट क्या है?" कमला का उत्तर था, "मेरी बहन और बहनोई यह नहीं चाहते हैं कि किसी भी प्रकार मेरा विवाह हो। सहयोग देना तो दूर रहा, वे इसका विरोध कर रहे हैं।"

कमला की आयु पैंतीस वर्ष थी और डॉक्टर साहब पचास वर्ष पार कर चुके थे। डॉक्टर साहब एक छोटी सी बस्ती में अपना क्लीनिक चलाते थे, पर वे टी.बी. के इलाज के लिए मशहूर थे। उन्होंने उसी बस्ती में एक छोटा सा मकान भी खरीद लिया था। वही

उनका घर था और क्लीनिक भी। वे डिग्रीधारी डॉक्टर नहीं थे, बस किसी डॉक्टर के पास काम करते-करते उन्होंने कुछ नुस्खे सीख लिये थे। आर्थिक स्थिति अच्छी न होने के कारण उनका विवाह भी नहीं हुआ था। उन्हें अकेलापन महसूस होता था। कमला एक सरकारी विभाग में कार्यरत थी और उसे अच्छी तनख्वाह मिल रही थी। डॉक्टर साहब की चिंता और कमला की मजबूरी उन दोनों के बीच आकर्षण का कारण बन गई और फिर समाधान का अवसर आ ही गया।

कमला अपनी बहन-बहनोई के साथ रहती थी। वह उसकी सगी नहीं, मुँहबोली बहन थी। कमला के माता-पिता की मृत्यु के समय कमला सोलह वर्ष की थी। इन बहन और बहनोई ने उसे सहारा दिया और उसे अपने पास रख लिया। बहन-बहनोई के पास आय का कोई नियमित साधन नहीं था। कमला के अलावा उनके एक पुत्र था, वह बहुत छोटा था। चार प्राणियों के परिवार का खर्च चलाने के लिए कमला के बहनोई कुछ कमा लेते थे। उन्हीं की देखभाल में कमला ने सरकारी विद्यालय से कक्षा बारह पास कर लिया और बहनोई की कोशिश से उसे एक सरकारी कार्यालय में नौकरी मिल गई। नौकरी पाने में कमला का आकर्षक व्यक्तित्व तथा मधुर वाणी काम आए। कार्यालय में उसे स्वागत-कक्ष में काम दिया गया।

बहनोई के परिवार को नियमित सहारा मिल गया था। कमला अपनी सारी तनख्वाह उस परिवार पर व्यय करने लगी। साथ ही वह अपने भानजे की शिक्षा में रुचि लेने लगी। भानजे ने यथासमय बारहवीं कक्षा पास कर ली। कमला ने अपने परिचय के सहारे भानजे को एक निजी व्यापारी के यहाँ नौकरी दिला दी। लड़का होशियार था। वह मालिक के यहाँ अपनी स्वीकार्यता बढ़ाता चला गया।

कमला के बहन-बहनोई को अब पुत्र की आय का सहारा हो गया था; पर उन्होंने कमला की तनख्वाह पर अधिकार जमाना जारी रखा। कमला की आयु बढ़ती गई। अब उसे अपने भविष्य की चिंता होने लगी। बहन-बहनोई उसकी शादी में रुचि नहीं लेते थे। साथ ही जब कभी कमला अपने प्रयास से कोई संभावना पैदा करती, किसी से कोई संबंध बनाती वे उसका घोर विरोध करते। इसी कशमकश में वह पैंतीस वर्ष की हो गई। उसे भी संरक्षण की चिंता और प्रेम पाने की इच्छा होने लगी। अधिक आयु और टी.बी. से हुई निराशा ने कमला के मन को कुरेदना प्रारंभ किया। उसकी विवाह करने की इच्छा तीव्र होती गई।

जब कभी किसी नवयुवक से कमला का संपर्क होता और वे दोनों एक-दूसरे के प्रति आकर्षित होते तो कमला उसका परिचय अपने बहन-बहनोई से कराती। वे उस नवयुवक में ऐसे दोष निकालते कि कमला में उसके संबंध में चर्चा करने का साहस नहीं रहता। आयु बढ़ने के साथ कमला की स्थायी साथी ढूँढ़ने की इच्छा बढ़ती गई।

वह अपने रोग को दोषी मानने लगी, क्योंकि आकर्षक होने पर भी विरले युवक ही उसमें रुचि लेते थे। जब कभी उसके आकर्षण तथा मधुर वाणी से मोहित होकर कोई आगे बढ़ता भी, तो बहन-बहनोई उसमें बाधा डालते। अब वह अपनी बहन और बहनोई के स्वार्थी स्वभाव से घृणा करने लगी और उनसे छिपकर जीवन को दिशा देने की कोशिश करने लगी।

उसने एक डॉक्टर से टी.बी. का इलाज कराना प्रारंभ किया। उस डॉक्टर ने कमला के रोग में ही नहीं, कमला में भी रुचि लेना शुरू कर दिया। तीन-चार दिन तक जब कमला डॉक्टर के पास न जा पाती तो वह उससे आधा घंटे तक दूरभाष पर बात करती। इसके लिए वह अपनी पड़ोसिन के दूरभाष का प्रयोग करती। दूरभाष पर

बात करते-करते उसकी मुसकराहट बढ़ती गई। एक शुभ दिन आया और उन्होंने विवाह-बंधन में बँधने का निश्चय कर लिया। कमला ने इस प्रस्ताव को अपने बहन-बहनोई को नहीं बताया। उन दोनों ने निश्चय किया कि विवाह विधिवत् होना चाहिए, जिससे भविष्य में किसी ओर से कोई बाधा न हो। विवाह की व्यवस्था आर्य समाज मंदिर में कर दी गई। पंडित तथा साक्षी के रूप में कुछ मेहमान भी बुलाए गए। पर विवाह को पूर्णता प्रदान करने के लिए कमला के माता-पिता का उत्तरदायित्व निभाकर उसका कन्यादान कर उसे वर को समर्पित कौन करे? काम तो होना ही था, सो उस पड़ोसिन और उसके पति ने कन्यादान कर माता-पिता का दायित्व निभाया।

इस तरह कमला का विवाह हो गया। डॉक्टर साहब और कमला अपने बहनोई के घर वर-वधू के रूप में आशीर्वाद लेने गए। कमला के बहन-बहनोई उन्हें इस रूप में देखकर स्तब्ध रह गए। आखिर विवाह तो हो ही गया था। उन्हें यह स्वीकार करना पड़ा। उन्होंने डॉक्टर साहब और कमला का सत्कार कर विदा किया। डॉक्टर साहब अपने घर लौटे और कमला अपनी ससुराल पहुँच गई।

□

९

उलटा दहेज

सुरेश और गिरीश दोनों सगे भाई थे—सुरेश बड़ा और गिरीश छोटा। उन दोनों में परस्पर बहुत प्यार था। दोनों एक-दूसरे की बात मानते थे और मिल-जुलकर व्यापार चलाते थे। उनके माता-पिता बहुत परिश्रमी थे। उन्हें पैतृक संपत्ति प्राप्त नहीं हुई थी। उन्होंने अपने परिश्रम से ही सबकुछ कमाया था। उनका मानना था कि परिवार की समृद्धि में परिश्रम माता-पिता का होता है और भाग्य संतान का। परिवार सुखी था और दिन अच्छी तरह गुजर रहे थे।

दोनों भाई बड़े हो गए—विवाह योग्य। उनकी आयु में अधिक अंतर नहीं था। सुरेश के वैवाहिक संबंध के लिए लड़कीवाले आने लगे। सुरेश को एक मृदुभाषी लड़की शारदा पसंद आ ग़ई और वह उससे विवाह रचाने के लिए अड़ गया। माता-पिता के सामने कोई चारा नहीं था। उन्हें उस लड़की के साथ सुरेश का विवाह करना पड़ा। लड़कीवाले बहुत गरीब थे, दान-दहेज का तो प्रश्न ही नहीं उठा। शादी हो गई, शारदा ससुराल में रहने लगी।

सुरेश के ससुरालवालों के पास आमदनी का कोई साधन नहीं था। अब लड़की की ससुराल ही उनकी आमदनी का साधन बन गई। उनका युवा पुत्र बेकार था और विवाह-योग्य एक बेटी और भी थी। सुरेश तो शारदा पर मोहित था ही, सो शारदा अपने मायके को

नियमित रूप से कुछ धन भेजने लगी। कुछ दिनों तक तो सुरेश को इस बात की जानकारी नहीं हुई, पर बाद में वह भी शारदा को मायके को धन भेजने के काम में रुकावट नहीं बना। पत्नी के मायकेवाले इतना धन चाहते थे कि जिससे उनके परिवार का खर्च चल जाए और दूसरी बेटी का विवाह भी हो जाए।

यह क्रम दो वर्ष तक चलता रहा। सुरेश के माता-पिता को इस बात की जानकारी हुई। उन्होंने इसपर आपत्ति की। दोनों परिवारों में तनाव शुरू हो गया। सुरेश के ससुरालवालों ने यह कोशिश की कि दोनों भाइयों का बँटवारा हो जाए, जिससे वह पूरी तरह से उनके नियंत्रण में रहे, पर इसके लिए सुरेश के माता-पिता सहमत नहीं हुए। अब उसके ससुरालवालों ने दूसरी चाल चली। सुरेश अपने माता-पिता तथा गिरीश के साथ उसी मकान में रहता था। उसके ससुरालवालों ने अपनी बेटी को उकसाकर उसी नगर में सुरेश को अलग रहने को विवश कर दिया।

लगभग दो वर्ष तक सुरेश और शारदा अलग मकान में रहे। सुरेश अलग रहना नहीं चाहता था। इस कारण सुरेश और उसकी पत्नी में परस्पर विवाद होने लगा। उधर, उसके ससुरालवालों की इच्छा भी पूरी नहीं होती थी। शारदा अपने मायकेवालों के पूरे नियंत्रण में थी। वह अपनी ससुराल और अपने जीवन के बारे में नहीं सोच पाती थी। उसका मन उचटने लगा। उसे अपने एक सहपाठी मित्र की याद आने लगी, जिससे वह विवाह करना चाहती थी, पर धन के लालच में उसके माता-पिता ने उसका विवाह सुरेश से कर दिया था। इसमें उसके भाई सूरज का योगदान अधिक था। वह नहीं चाहता था कि उसकी बहन अपनी ससुराल के हित में सोचे। वह उसके उस सहपाठी से मिला, जिसके साथ बहन के विवाह के संबंध में सबसे अधिक विरोध उसने ही किया था, क्योंकि उसकी दृष्टि धन की ओर थी। वह अपनी बहन के जरिए

धन बटोरना चाहता था, जो उस निर्धन सहपाठी से संभव नहीं था। अब वह सहपाठी उसका मित्र हो गया। दोनों ने मिलकर सुरेश को रास्ते से हटाने की योजना बनाई—एक ने धन के कारण और दूसरे ने स्त्री के कारण। अपने वाहन में जाते हुए खुली सड़क पर ही एक दुर्घटना में सुरेश की मृत्यु हो गई और दोनों का रास्ता साफ हो गया। सुरेश की मृत्यु के समय उसकी पत्नी के पास तीन वर्ष की एक पुत्री थी और वह स्वयं गर्भवती भी थी। ससुरालवालों ने उससे अपने पास ही रहने का प्रस्ताव रखा। व्यापार में उसकी भागीदारी का आश्वासन दिया और दस हजार रुपए अलग से मासिक खर्च के लिए देने का वायदा किया। पर उसे कुछ भी मंजूर नहीं था। होता कैसे, उसके पीछे उसे समझानेवाले उसके हितैषी मायकेवाले जो थे। वे यह चाहते थे कि सारी धन-संपत्ति में से उसे आधी मिल जाए और उसे लेकर वह उनके पास मायके में ही रहने लगे। बहरहाल, शारदा का भाई बहन की ससुरालवालों से पाँच लाख रुपए लेकर बहन को मायके ले गया। मायके जाते समय ससुरालवालों ने बालिका को दादा-दादी के पास छोड़ने का प्रस्ताव रखा। सुरेश के माता-पिता इसके लिए भी तैयार थे कि सुरेश की पत्नी का दूसरा विवाह हो जाए तो उसका व्यय भी वे ही दे देंगे। पर मायकेवालों को ऐसी कोई भी बात स्वीकार्य नहीं थी, क्योंकि उनका उद्‌देश्य ही दूसरा था।

उन्होंने वहाँ जाकर सुरेश के माता-पिता तथा उसके छोटे भाई गिरीश के खिलाफ मोरचा खोल दिया। मुकदमा लड़ने के लिए उन्हें पाँच लाख रुपए मिल ही गए थे। वे पाँच लाख में से कुछ खर्च करके दस-बीस लाख और निकालना चाहते थे। इस काम में शारदा का भाई तथा उसका सहपाठी दोनों भागीदार हो गए। सहपाठी वकील था, इसलिए वह मुकदमेबाजी के सारे दाँव-पेंच जानता था। वह सुरेश की पत्नी से नित्यप्रति मिलने लगा, पर उसने उससे

विवाह नहीं किया, जिससे ससुराल की संपत्ति पर उसका अधिकार न समाप्त हो जाए।

उसने सुरेश की पत्नी के द्वारा उसके ससुरालवालों पर कई मुकदमे दायर करा दिए और वह भी अपने ही नगर में। वह वकील था और शारदा के भाई के पास पैसे थे। अपने संबंधों तथा पैसे के सहारे उन्होंने सुरेश के परिवारवालों को परेशान करना शुरू कर दिया। कभी परिवार के सभी सदस्यों के नाम वारंट निकलवाकर पकड़वा देते, आते-जाते कभी उन्हें गुंडों से पिटवाते। उनके इस प्रकार के व्यवहार से ऐसा लगता था कि वे गरीब ही नहीं, अपराधी प्रवृत्ति के भी थे। आज के फैशन के अनुसार उन्होंने मोहन के माता-पिता पर दहेज का मुकदमा भी कर दिया, पर वह साबित नहीं हुआ। अंत में सभी बरबाद हो गए, किसी का कुछ भला नहीं हुआ। □

१०

कर्तव्य-बोध

किशोरीलाल के दो पुत्र थे–मोहन और सोहन। मोहन गंभीर प्रकृति का था और सोहन चंचल व खिलाड़ी। मोहन नियमित रूप से विद्यालय जाता और घर पर भी दिन भर पढ़ाई में लगा रहता। स्कूल के समय सोहन स्कूल न जाने के बहाने किया करता और समय निकल जाने के बाद इधर-उधर खेलता फिरता। कभी-कभी वह रात के बारह बजे तक घर के बाहर खेलता रहता। मोहन दिन भर घर में रहता और सोहन सारे शहर में घूमता-फिरता। सोहन का मन घर में नहीं लगता था। उसे घर में पाबंदी महसूस होती थी। मोहन की तारीफ करते हुए माँ कहती थी, 'मेरा बेटा मोहन तो सोना है और सोहन पीतल।'

एक दिन सोहन किसी साधु के संपर्क में आया और उसके साथ साधु बनकर घर से निकल गया। सोहन के चले जाने के बाद उसके माता-पिता को यह चिंता हुई कि मोहन भी कहीं चला न जाए। मोहन को घर पर रोकने के लिए उसके माता-पिता ने उसका विवाह करने का विचार किया। वे सोचते थे कि विवाह के बाद मोहन घर पर तो रहेगा ही।

मोहन के पिता की अपने समाज में प्रतिष्ठा थी। उनके संबंधियों को मोहन का स्वभाव भी अच्छा लगता था। उनकी इच्छा

की जानकारी होने पर मोहन के लिए रिश्ते आने लगे। उस समय मोहन की आयु १८ वर्ष थी। उन्होंने आर्थिक दृष्टि से अधिक संपन्न परिवार की चौदह वर्ष की एक किशोरी श्यामा को अपनी बहू के रूप में स्वीकार कर लिया। वे इस सामाजिक मान्यता को भूल गए कि आर्थिक दृष्टि से अपने से कम संपन्न परिवार की किशोरी को वधू के रूप में स्वीकार करना चाहिए और अपनी पुत्री का विवाह अपने से अधिक संपन्न परिवार में करना चाहिए। इस मान्यता के पीछे यह तर्क था कि विवाह के बाद बालिका अपने मातृ परिवार के सदस्यों के स्नेह से वंचित हो जाती है, इसलिए यदि उसे अपनी ससुराल में भौतिक सुविधाएँ कुछ अधिक प्राप्त हों तो वह स्वयं भी खुश रहेगी और नए परिवार के सदस्यों को भी खुश रखेगी।

जब श्यामा मोहन को पत्नी के रूप में मिली, उसने उसे असीम प्यार दिया। उसने अपने और श्यामा के बीच अपनी माँ या बहन किसी को नहीं आने दिया। उनका यह ऐकांतिक प्रेम कई वर्ष तक चलता रहा। मोहन ने अपने नगर में ही नौकरी कर ली थी। नौकरी के समय के अलावा वह अपनी पत्नी के साथ अपने कमरे में ही समय बिताता था।

श्यामा एक संपन्न घराने की बालिका थी; उसके परिवार का रहन-सहन पति के परिवार से ऊँचा था। उसे ससुराल का खान-पान, रहन-सहन पसंद नहीं आया। कुछ दिन वह पति के प्रेम में यह सब भूली रही। मोहन और श्यामा ने पति-पत्नी का संबंध निभाया। एक वर्ष बाद श्यामा ने एक पुत्री को जन्म दिया, जो जीवित नहीं रह पाई। इस घटना से वह बहुत दु:खी हुई और पति का प्रेम भी उसे सांत्वना नहीं दे पाया।

श्यामा का मन सुख-सुविधा की वस्तुओं और आभूषणों के प्रति आकर्षित होने लगा। मोहन अपनी सीमित आय से श्यामा की इच्छाएँ पूरी करने में समर्थ नहीं था। अब श्यामा ससुराल की अपेक्षा

अपने मायके में रहना अधिक पसंद करने लगी। वह लगातार कई-कई महीने तक मायके में ही रहती थी। मोहन अकेलेपन से दु:खी था। जब कभी मोहन श्यामा को उसके मायके से विदा कराने जाता था, श्यामा अपनी भाभी या भाई से मना करा देती थी। यदि मोहन आग्रह करता तो उसके मायकेवाले उसे उपदेश देकर और उसे बुरा-भला कहकर उसका अपमान करते। उसका एक कारण यह भी था कि मोहन के ससुरालवाले अपने आपको उसके परिवार से ऊँचा समझते थे। कभी वह श्यामा को विदा कराने में सफल होता तो कभी वह खाली हाथ ही लौट आता। श्यामा के मायके के लोगों का यह व्यवहार मोहन को बहुत बुरा लगता था, पर अपनी पत्नी को लेने जाना उसकी विवशता थी।

जब मोहन और श्यामा साथ-साथ रहते तो मोहन श्यामा की माँगें पूरी नहीं कर पाता और श्यामा मोहन की इच्छा पूरी नहीं कर पाती। मोहन की इच्छा संतान-प्राप्ति की थी और श्यामा का मन सुख-सुविधाओं में रमता था। दोनों का मन एक-दूसरे से दूर होने लगा। मोहन की माँ और बहन उन दोनों के मन की इस दूरी को कम करने की कोशिश करतीं, पर वे इसमें सफल नहीं हो पाती थीं, क्योंकि उन्होंने परिवार के किसी अन्य सदस्य को अपने ऐकांतिक प्रेम के बीच नहीं आने दिया था। किसी के बीच में बोलने पर वे दोनों मिलकर उसपर नाराज हो जाते। इस प्रकार उनका प्यार और विवाद उनके बीच में ही सिमटकर रह गया था।

मोहन और श्यामा के बीच तनाव बढ़ने लगा और लगभग प्रतिदिन किसी-न-किसी बात पर उनमें झगड़ा हो जाता था। मोहन अपने पक्ष के समर्थन के लिए संतान-प्राप्ति की इच्छा पूरी न होने का तर्क देता, पर श्यामा पति की नापसंदगी का कारण अपनी सुंदरता की कमी मानती। श्यामा का रंग गेहुँआ था, जबकि उसके पति की रुचि गोरी चमड़ी में थी। वे कमरा बंद करके ही झगड़ा

करते थे, जिससे एक-दूसरे के विरुद्ध लगाए गए आरोपों की जानकारी परिवार के सदस्यों को ठीक प्रकार नहीं हो पाती थी। विवाद के इन दिनों में किशोरीलाल के परिवार के सदस्यों की सहानुभूति श्यामा के प्रति ही थी। वे यह नहीं चाहते थे कि पति-पत्नी आपस में लड़ें-झगड़ें और एक-दूसरे से अलग हों, क्योंकि इससे उनके परिवार की बदनामी होने की आशंका थी। उस परिवार को अपनी दो अविवाहित बालिकाओं के विवाह करने की भी चिंता थी। बदनामी हो जाने पर परिवार को इस काम में कठिनाई होती। बहरहाल, परिवार में मोहन के व्यवहार की अस्वीकृति बढ़ती गई और वह अपने पिता के परिवार से दूर होता चला गया।

मोहन और श्यामा की परस्पर अस्वीकृति भी बढ़ती रही, पर उन दोनों की पहचान पति-पत्नी के रूप में ही थी। श्यामा मोहन की पत्नी थी और मोहन श्यामा का पति। उन्हें इस बात की चिंता हुई कि अलग होने के बाद भी वे समाज में इसी रूप और नाम से पहचाने जाएँगे। उन दोनों में यह भी सद्‌भावना थी कि अलग होने के बाद मेरे साथी को अधिक कष्ट न हो। मोहन अपनी पत्नी के अलग होने की कल्पना से चिंतित था, क्योंकि वह अधिक शिक्षित नहीं थी। अलग होने के बाद मोहन को श्यामा के प्रति उसके मायकेवालों के व्यवहार पर भी शंका थी। इसलिए उसने यह तय किया कि वह अलग होने से पूर्व पत्नी को स्वावलंबी बनाएगा। कुछ भी हो, पर पत्नी के प्रति ममत्व और अपनी बदनामी के डर से उसने पत्नी को पढ़ाना शुरू कर दिया।

उसने उसे कुछ वर्षों में कक्षा बारह तक शिक्षा दिलाई और अध्यापिका बनने के लिए आवश्यक प्रशिक्षण भी दिलाया। श्यामा मोहन के इस प्रयास में सहयोग देती रही, क्योंकि उसे भी अपना भविष्य प्रकाशमय दिखाई दे रहा था। इस प्रयास में आठ वर्ष लगे। इस अवधि में दोनों साथ रहे और लड़ते-झगड़ते रहे तथा भविष्य

की चिंता दूर करने के प्रयास में एक-दूसरे का सहयोग करते रहे। एक-दूसरे को अलग होने की धमकी भी देते रहे, पर फिर भी एक-दूसरे को सहन करते रहे। इस अवधि में मोहन ने भी अपनी शैक्षिक योग्यता बढ़ा ली। अब वे दोनों स्वावलंबी होने की स्थिति में आ गए।

इतने वर्ष साथ-साथ रहने के बाद वे एक-दूसरे को नहीं निभा पाए, एक-दूसरे से अलग होना चाहते थे, पर अलग होने की बदनामी से डरते थे। उन दिनों ऐसी घटनाएँ नहीं घटती थीं, चाहे जीवन भर पति-पत्नी खूब लड़ते रहें। पति-पत्नी के बीच मुकदमेबाजी कभी नहीं होती थी। ऐसी समस्याओं का सामाजिक हल निकालने का प्रयास किया जाता था।

श्यामा को अपने मायके के नगर में ही एक विद्यालय में नौकरी मिल गई और वह वहीं रहने लगी। वह आर्थिक दृष्टि से स्वावलंबी हो गई थी। उसके माता-पिता ने उसी नगर के एक विधुर के साथ उसका विवाह कर दिया, जिसकी दो संतानें भी थीं। श्यामा उनकी देखभाल करने लगी। मोहन को सरकारी नौकरी मिल गई थी, पर उसका तबादला दूसरे नगर में हो गया था। उसके कार्यालय में उसके एक सहकर्मी की विधवा बहन थी। उसने मोहन के सामने शादी का प्रस्ताव रखा। उसकी बहन से मोहन की भेंट हुई और उसने उसे पसंद कर लिया।

इस प्रकार मुकदमेबाजी आदि आधुनिक समाधान के झंझट में न पड़कर उन दोनों ने अपनी समस्या तो हल कर ली, पर इसके लिए उन दोनों ने दस वर्ष तक धैर्य रखा। यह उनका सराहनीय व्यवहार था। वे दोनों अपने वर्तमान जीवन से संतुष्ट थे।

□

११

सुखी जीवन

सड़क से थोड़ा हटकर आम, नीम और पीपल के वृक्षों से घिरा हुआ बड़ागाँव अन्य गाँवों के समान ही था। कुल मिलाकर पचास-साठ घरों के इस गाँव में सात-आठ पक्की ईंटों के मकान भी थे। इन्हीं में से एक मकान श्यामसिंह का भी था।

श्यामसिंह की अवस्था पचास को छू रही थी। उनके दो पुत्र और एक पुत्री थी। पुत्री का विवाह उन्होंने कर दिया था। दोनों पुत्र सयाने थे। लगभग दस एकड़ जमीन उनके पास थी। दो भैंसें भी थीं। दूध-घी का सुभीता था। श्यामसिंह समय को देखकर चलनेवाला किसान था। देखकर खर्च करता था। उसकी गाँठ में कुछ पूँजी भी इकट्ठी हो गई थी।

श्यामसिंह के बड़े लड़के का नाम सुजान था। वह शरीर से बड़ा हृष्ट-पुष्ट था। बचपन से ही दंड-बैठक लगाना, मुग्दर फिराना, बस यही उसका काम था। शेष समय वह अपने पहलवान दोस्तों के साथ गप-शप करता रहता था। हल की मूठ को उसने कभी हाथ नहीं लगाया था, बैलों को दाना-चारा करने से उसे कोई मतलब नहीं था। इसके बाद भी उसे खुराक अच्छी चाहिए थी—पहलवानी जो कर रहा था। सुबह-शाम एक बड़ा कटोरा दूध, उसी में छटाँक-आधी छटाँक घी। त्योहार-मेलों पर वह दूसरे गाँवों में कुश्ती लड़ने जाता।

कुछ ऐसा संयोग बनता कि वह कहीं से हारकर न आता।

अब तो उसने पूरे जिले में लँगोटी घुमा दी थी। श्यामसिंह पहले सुजान के इस शौक से थोड़ा अप्रसन्न रहते थे, किंतु जब आस-पास के गाँवों में उसका नाम चमकने लगा तो उन्हें भी गर्व होने लगा।

श्यामसिंह का छोटा लड़का लालमन साधारण स्वभाव का था। उसका स्वास्थ्य साधारण था। वह पढ़ाई में रुचि लेता था, साथ ही खेत के कामों में पिता की सहायता भी करता था। गाँव के प्राइमरी स्कूल से ही उसने पाँचवीं कक्षा पास की थी। बाद में जब दूर के मिडिल स्कूल में उसका नाम लिखाया गया, तो स्कूल आने-जाने में समय अधिक लगने लगा। श्यामसिंह अब शरीर से शिथिल होने लगे थे। अत: उन्होंने लालमन की पढ़ाई छुड़ा दी। अब तो खेती-किसानी का सारा काम लालमन पर आ गया। श्यामसिंह को तसल्ली थी कि उनका एक बेटा अगर घर की देख-रेख कर रहा है, तो दूसरा उनका नाम रोशन कर रहा है।

सुजान की अवस्था सत्रह-अठारह वर्ष की हो गई थी। उसका खिंचा हुआ सीना, कसरती हाथ-पाँव, उसके चेहरे की चमक, इन सबके कारण वह बीस-बाईस वर्ष का लगता था। आस-पास कोई ऐसा पहलवान न था, जो उससे हाथ मिला सकता। उसके साथ ही उसके परिवार की भी प्रसिद्धि बढ़ रही थी। धनी परिवारों से उसके लिए रिश्ते आने लगे। मझगाँव के सरपंच ने तो आकर एक दिन घर पर धरना ही दे दिया। आखिर बात पक्की हो गई। निश्चित साइत पर विवाह हो गया। श्यामसिंह खुश थे कि एक धनी-संपन्न परिवार में उसके लड़के का रिश्ता हुआ है। बहू बड़े लाड़-प्यार में पली थी। अपने बाप की चार संतानों में वह अकेली बेटी थी। मायके में हाथो-हाथ रही थी। काम से उसका रत्ती भर भी सरोकार न था।

इधर लालमन की आयु भी विवाह के योग्य हो गई थी। वह

सुजान से केवल दो वर्ष ही तो छोटा था। सुजान के विवाह के एक वर्ष के भीतर ही श्यामसिंह ने लालमन का विवाह भी कर दिया। लालमन की ससुराल थी तो बड़ी सामान्य, किंतु उसकी पत्नी बड़ी सुशील, समझदार और मेहनती थी।

अपने दोनों पुत्रों का विवाह करके श्यामसिंह निश्‍चिंत हो गए। अब वे चाहते थे कि जमीन-जायदाद का बँटवारा करके स्वयं तीर्थ-यात्रा पर निकल जाएँ। अपने निश्चय के अनुसार श्यामसिंह ने एक दिन दोनों बेटों को अपने पास बैठाया और अपने मन की बात उन्हें बताई। सुजान और लालमन में परस्पर बड़ा प्रेम था, फिर भी पिताजी की जो इच्छा थी, उसे तो पूरा करना ही था। श्यामसिंह ने अपने खेत दोनों पुत्रों में आधे-आधे बाँट दिए। गृहस्थी का सामान और माल भी दोनों में बराबर-बराबर बाँट दिया। सुजान की पत्नी को अपने मायके से काफी गहना-कपड़ा मिला था। उसके पास दो-चार हजार की नकदी भी थी। उधर लालमन के पास गहने-कपड़े और नकदी के नाम पर नाममात्र को ही था। श्यामसिंह अपने उत्तरदायित्व को निभाकर तीर्थ-यात्रा पर निकल गए।

लालमन साधारण किसान के रूप में अपना जीवन व्यतीत करने लगा। वह प्रातः उठता, पशुओं की सानी करता और हल-बैल लेकर खेत जोतने चल देता। उचित समय पर खेतों को जोतना, बोना, पानी देना और फसल काटना उसका कार्यक्रम था। इन सारे कामों में उसकी पत्नी बड़े चाव से उसका हाथ बँटाती थी। पशुओं की देख-रेख तो वही करती थी। गोबर-कूड़ा करना, घर की व्यवस्था करना, खेत में कलेवा पहुँचाना—ये सब काम लालमन की पत्नी करती थी।

निरंतर देख-रेख और परिश्रम से लालमन के खेतों में अच्छी फसल होने लगी। फसल बेचकर वह सारे पैसे अपनी पत्नी को देता था। उसकी पत्नी बड़ी किफायत से घर का खर्च चलाती थी। दो-चार वर्ष में ही

उन्होंने दो-तीन हजार रुपए बचाकर बैंक में जमा कर थे। लालमन को कभी किसी के आगे हाथ पसारने का मौका न आया था।

उधर सुजान की हालत इसके विपरीत थी। उसका पहलवानी का शौक बढ़ता ही जा रहा था। सुबह-शाम अखाड़े में रहे तो खेत कौन देखे! सुजान ने अपने खेत बँटाई पर दे दिए। खाने-पीने का शौकीन तो वह शुरू से ही था। दूध-घी और बादाम उसके नित्य के भोजन में शामिल थे। उसकी पत्नी भी बड़ी शौकीन तबीयत की थी। उसे हर महीने नई साड़ी चाहिए थी। क्रीम, पाउडर का भी उसे शौक था। पति-पत्नी दोनों के ही शौक ऐसे थे, जिनमें काफी पैसा खर्च होता था। तीन-चार वर्ष में ही वे अपनी सारी पूँजी गँवा बैठे। बँटाई से जो अनाज मिलता था, उससे तो केवल पेट भरता था। स्थिति यहाँ तक आ पहुँची कि उनके सब दुधारू पशु बिक गए, बचे खेत जोतने के लिए केवल दो बैल। आए दिन सुजान और उसकी पत्नी को दूसरों के आगे रुपया उधार लेने को हाथ पसारना पड़ता था; पर उन्हें दे कौन? जिससे पैसा लिया, उसको वापस कभी नहीं दिया।

धीरे-धीरे सुजान की स्थिति गिरती गई, उसकी पत्नी की फरमाइशें बढ़ती ही जाती थीं। उनपर पैसा खर्च कर देने से सुजान की खुराक पर असर पड़ता था। अगर कभी वह अपनी खुराक पर अधिक खर्च करता, तो पत्नी की फरमाइशें अधूरी रह जातीं। घर में क्लेश बना रहता। खर्च के लिए दोनों आए दिन लड़ते। सुजान के स्वास्थ्य पर इसका बुरा प्रभाव पड़ रहा था।

रक्षाबंधन का त्योहार निकट आ रहा था। दो वर्ष पहले उसी दिन पास के गाँव के पहलवान भूरे को सुजान पछाड़ चुका था। तब से भूरा इसका बदला लेने के लिए प्रयत्नशील था। अबकी बार उसने काफी तैयारी की थी। दंगल के दो महीने पहले ही वह सुजान से हाथ मिला गया था। तब से सुजान की तैयारियाँ भी बढ़ गई थीं।

अब तो वह घंटों अखाड़े में ही रहता। अखाड़े से जब घर पहुँचता, तो दूध-घी पर टूट पड़ता। रोटी तो वह नाम-मात्र को ही खाता था; लेकिन दूध-घी अब उसे मोल लेना पड़ता था। घर में जो कुछ पूँजी थी, वह उसकी पत्नी खर्च कर चुकी थी। उसे अपनी बहन की शादी में जाना था। उसकी तैयारी में अपने पड़ोसी रामसेवक की पत्नी से भी उसने रुपए उधार लिये थे, तब दूध-घी के लिए पैसे कहाँ से आते?

एक दिन सुजान अखाड़े से घर पहुँचा। हाथ-मुँह धोकर जब वह खाने बैठा, उसकी पत्नी ने भोजन की थाली सामने रख दी। थाली में केवल रोटी और दाल थी। न दूध, न घी और न मलाई। इधर पेट की ज्वाला और उधर सूखी रोटी। उसने ऐसा खाना कभी न खाया था। सुजान आग-बबूला हो गया। उसने आव देखा न ताव, थाली जमीन पर दे मारी और बोला, "यह जानवरों का खाना मुझे खिला रही है?"

"यह खाना जानवरों का नहीं, आदमियों का है। पर तुम्हें तो पहलवानों का खाना चाहिए। वह रोज-रोज कहाँ से आए? अब तुम गृहस्थ हो। पहलवानी का यह शौक उठाकर रख दो।"

"तू अपना शौक कम क्यों नहीं करती? अपने लिए तू परियों की पोशाक कहाँ से ले आती है? घर की सारी पूँजी तेरी साड़ियों में, तेरे क्रीम-पाउडर में बिला गई। दोष मुझे देती है?"

पत्नी से भी अब रहा न गया। वह फनफनाती हुई बोली, "देखो जी, मुझे ज्यादा तंग मत करो। तुमने मुझे क्या दिया है? खर्च करती हूँ अपने बाप का। अगर खिलाने-पिलाने की सामर्थ्य नहीं थी, तो मौर धरकर क्यों चल दिए थे? इस घर में आकर तो मैं रानी से मजदूरिन बन गई हूँ।"

"अच्छा, तो तू हमें मजदूर बताती है। तेरी यह हिम्मत! शरम नहीं आती?" कहते-कहते सुजान ने भूखी पहलवानी का हाथ पत्नी

पर जड़ दिया।

पत्नी बिलखने लगी। सिसकते-सिसकते बोली, ''बस यही करम रह गया था करने को। मैं तो यहाँ जैसे-तैसे दिन काट रही थी। अब तो इस नरक में एक दिन भी न रहूँगी। मैं आज ही यहाँ से चली जाऊँगी, फिर जनम भर लौटने का नाम न लूँगी।''

''जा, चली जा। कल जाती है तो आज ही चली जा। तुझे अपने बाप की सौगंध, जो यहाँ लौटकर आए।''

सुजान की पत्नी पानीदार स्त्री थी। सचमुच अगले दिन वह अपने मायके चली गई। गाँव में यह खबर हवा की तरह फैल गई। सुजान एक तरह से खुश था। वह सोचता था कि अकेला रहूँगा तो खूब खाऊँगा, खूब जोर करूँगा। पर दो दिन में ही उसे आटे-दाल का भाव पता लग गया। अखाड़े से लौटता, तो भूखी आत्मा कुलबुलाती। घंटा-दो घंटा धुएँ में आँखें फोड़ता तब खाना तैयार होता। समय पर खुराक न मिले, तो वह किस काम की।

दंगल का दिन निकट आ रहा था। उधर सुजान के मन में शंका बढ़ती जाती थी। वह खुद अनुभव कर रहा था कि पिछली बार से वह काफी लटक गया है। उधर भूरे की तैयारियों के बारे में भी उसके कान में भनक पड़ चुकी थी। इसी सोच में वह और परेशान था।

आखिर दंगल का दिन आ गया। लाल लँगोट बाँधे दोनों पहलवान अखाड़े में उतरे। भूरे के चेहरे पर चमक थी, विजय का विश्वास था। सुजान के चेहरे पर निराशा का भाव उभर-उभर आता था। वह मुसकराने की कोशिश तो करता, लेकिन उसकी मुसकराहट पराजय की आशंका से दब जाती थी। कुछ क्षण दोनों ने एक-दूसरे को देखा, अखाड़े की मिट्टी को माथे से लगाकर हाथ मिलाया और तुरत भिड़ गए। भूरे से हाथ मिलाते ही सुजान को पता लग गया कि अबकी बार उससे पार पाना लोहे के चने चबाना था।

शुरू-शुरू में तो उसने कुछ जोर दिखाया, लेकिन थोड़ी देर बाद ही वह बचाव की कुश्ती लड़ने लगा। सुजान दाँव-पेंच की सहायता से कुछ देर अपने आपको बचाता रहा, पर अंत में भूरे ने उसे चित कर ही दिया।

लालमन भी दंगल देखने गया था। अपने भाई की हार पर वह वह बहुत दुःखी हुआ। दंगल से लौटकर वह सीधे अपने बड़े भाई के घर पहुँचा। सुजान लालमन से लिपटकर रोने लगा। उसे अपनी हार पर बड़ी ग्लानि हो रही थी।

लालमन ने पूछा, ''दाऊ, यह सब कैसे हो गया? अभी दो साल पहले ही तो आपने भूरे को मिनटों में पछाड़ दिया था।''

सुजान बोला, ''लाल, क्या बताऊँ, जोर के लिए जो सब चाहिए, वह सब अब नहीं मिल पाता। न तो मन शांत रहता है और न खाने को अच्छी खुराक मिल पाती है।''

लालमन बोला, ''खाने की अच्छी खुराक क्यों नहीं मिल पाती? जितनी खेती आपके पास है उतनी ही मेरे पास है। हम लोग जब अलग-अलग हुए थे तब हमें जमीन बराबर-बराबर मिली थी। आपके पास तो ससुराल की पूँजी भी थी। मेरे पास तो कुछ भी नहीं था। ईश्वर की कृपा से आज मेरी पत्नी ने दस-बीस हजार रुपए बचा लिये हैं। मैं सोचता था, आपने भी कुछ पैसे बचाए होंगे।''

सुजान बोला, ''लाल, तुम बचाने की बात कर रहे हो? यहाँ तो जो पूँजी थी, वह भी सब बीवी के कपड़े-लत्ते और गहनों में स्वाहा हो गई। जितनी आय है, उससे ज्यादा खर्च। उधार ले-लेकर काम चलाता था। अब वह भी लोगों ने देना बंद कर दिया है।''

लालमन बोला, ''दाऊ, आदमी खर्च करना चाहे तो लाखों रुपए भी कम पड़ेंगे। पर खर्च तो देखकर ही करना चाहिए। बचत कभी अपने आप नहीं होती। यह तो करनी पड़ती है। आदमी की जरूरतें तो बढ़ती ही जाती हैं। उन्हें जितनी पूरी करोगे, वे उतना ही

बढ़ेंगी। हम लोग तो अपनी आमदनी का दसवाँ भाग बचाकर रखते हैं। बुरा वक्त कहकर नहीं आता। तब दूसरों के सामने हाथ फैलाना शोभा नहीं देता।''

सुजान बोला, ''मैं क्या करूँ? तेरी भाभी की फरमाइशें तो रोज नई-नई होती हैं। कभी साड़ी, कभी...।" लालमन ने बीच में टोककर कहा, ''दाऊ, इस तरह एक-दूसरे पर दोष मढ़ने से कुछ नहीं होगा। आप जितनी जरूरत कम करें, तो भाभी को भी कुछ सीख मिलेगी। पहलवानी से आपने खूब नाम कमा लिया है। अब खेती के काम में लग जाइए। किसानी का काम अपने हाथ का है। दूसरों को हल-बैल दिया, तो समझो अपने पैरों पर कुल्हाड़ी मारी। मेहनत कीजिए, फिर देखिए, फसल कैसे अच्छी नहीं होती। और हाँ, जो आए, उसे पेट में मत झोंक दीजिए। कुछ बचाकर रखिए। किसी से उधार तो स्वप्न में भी न लीजिए। उधार लेने की आदत बहुत बुरी है। यह घुन की तरह लग जाती है।''

छोटे भाई की बातों ने सुजान की आँखें खोल दीं। अगले ही दिन वह ससुराल गया और समझा-बुझाकर पत्नी को साथ ले आया। उसने निश्चय किया कि अब वह किसानी का काम स्वयं करेगा और अपनी आय में से नियमित बचत करेगा। उधार न लेने के लिए उसने कसम खा ली थी। अब उसकी पत्नी ने भी अपना खर्च कम कर दिया और काम में पति को सहयोग देने लगी।

□

१२

विवाह की शर्त

देव एक विदेशी कंपनी में निदेशक थे और उर्वशी उसी कंपनी में स्वागताध्यक्ष थी। वे एक-दूसरे को बहुत प्यार करते थे। दोनों ही अपने प्रेम को अलौकिक कहते थे और यह मानते थे कि वे पूर्व जन्मों से एक-दूसरे को प्यार करते आ रहे हैं। जब वे घर पर रहते तो भी एक-दूसरे को भूल नहीं पाते थे। जब वे ड्यूटी पर कंपनी में आते तो एक-दूसरे का स्वागत मुसकराकर करते । उर्वशी अपने कक्ष में जाने से पहले देव के पास बैठती, उनसे मीठी-मीठी बातें करती और उनसे कार्य से संबंधित निर्देश प्राप्त करती। देव उर्वशी के सुंदर और आकर्षक व्यक्तित्व से प्रभावित होकर यह भूल जाते थे कि वे अफसर हैं और उर्वशी उनकी मातहत। वे उसके प्रति अपनापन जताने और उसे प्रोत्साहित करने के लिए कभी-कभी अत्यंत प्यार से उसके हाथ पर अपना हाथ रख देते थे। इससे उर्वशी को थोड़ी सिहरन होती थी और वह लजा भी जाती थी। उर्वशी नृत्य की शौकीन थी और यदा-कदा सार्वजनिक मंच पर भी नृत्य करती थी। नृत्यांगना होने के कारण सामान्य व्यवहार में भी उसका अंग संचालन कलात्मक होता था। उर्वशी के प्रति देव के आकर्षण का यह भी एक कारण था। देव का व्यक्तित्व भी आकर्षक था, इसलिए दोनों एक-दूसरे के व्यक्तित्व को चुपचाप सराहते थे।

देव कंपनी के काम से कभी नगर से बाहर जाते थे तो अपनी सहायता के लिए उर्वशी को अपने साथ ले जाते। दोनों ही कंपनी के खर्चे पर एक ही होटल में ठहरते थे। दिन भर कंपनी का काम निपटाकर कभी वे होटल के कमरे में बैठकर घंटों बातें करते और कभी किसी मनोरंजक एवं दर्शनीय स्थान को देखने निकल जाते। जब भी उन्हें एकांत मिलता तो वे मुसकराकर एक-दूसरे से घंटों बातें करते। बातें करते-करते कभी किसी प्यार के गीत की कोई पंक्ति गाने लगते—'कंकड़िया मार के जगाया'। गीत की पंक्तियों में विभोर होकर वे एक-दूसरे को स्पर्श करते तथा प्यार से सहलाते रहते। इससे उनकी निकटता तथा परस्पर स्वीकार्यता बढ़ने लगी। यह निकटता का संबंध उन्हें एक-दूसरे की अनुपस्थिति में सताने लगा।

अब दोनों इस निकटता और स्वीकार्यता के संबंध को स्थायित्व देने का विचार करने लगे। इसके लिए उनके सामने एक उपाय था और वह था विवाह। इसके लिए उर्वशी के सामने प्रस्ताव रखा देव ने और देव के सामने विवाह की शर्त रखी उर्वशी ने। उर्वशी इस शर्त पर देव के साथ विवाह करने को तैयार थी कि वह किसी संतान को जन्म नहीं देगी। उर्वशी की यह शर्त जानकर देव स्तब्ध रह गया। पर उसने यह सोचा कि उर्वशी की यह शर्त किसी आकस्मिक कारण से होगी उसने आत्मविश्वास जताया कि वह विवाह के बाद उर्वशी की यह शर्त मिटाने में सफल हो जाएगा। उसकी यह भी मान्यता थी कि विवाह के पश्चात् उर्वशी अपने आपको केवल एक युवती तथा पत्नी के रूप में ही नहीं देखेगी, बल्कि माता के रूप में नारी के सर्वोच्च रूप के प्रति भी उसकी आस्था जागरित होगी। उससे उसकी पितृ-भावना भी तृप्त हो जाएगी। इस पृष्ठभूमि में देव ने विवाह के लिए उर्वशी की इस शर्त को उसका बचपना ही माना और मौन रहकर उर्वशी के साथ अपने विवाह का प्रस्ताव आगे बढ़ाया। उर्वशी के व्यक्तित्व से आकर्षित

होकर वह उसके प्रेम में इतना मोहित हो गया था कि उसे समझ नहीं सका और न ही उसकी शर्त पर ध्यान दे सका।

उर्वशी की विवाह की शर्त को गंभीरता से न लेने के कारण देव का अपना व्यक्तित्व भी था। वह तो विवाह ही नहीं करना चाहता था। अविवाहित रहकर ही वह भौतिक सुविधाओं से प्राप्त सांसारिक सुख के सहारे जीवन व्यतीत करना चाहता था। वह आहार और निद्रा में मग्न रहता था। होटल में स्वादिष्ट तामसिक भोजन करता था। शारीरिक सुख के लिए आवश्यक सुविधाओं की उसके पास कोई कमी नहीं थी। उर्वशी के साथ विवाह भी शारीरिक सुख के लिए ही उसका एक उपाय था। वह वर्तमान में सुख से रहना चाहता था, भविष्य की उसे चिंता नहीं थी। देव की पितृ-भावना भी बहुत दृढ़ नहीं थी, पर वह कभी-कभी अपने माता-पिता के दबाव के कारण वैवाहिक जीवन के बारे में परंपरावादी हो जाता था।

उर्वशी के भी तीन रूप थे। वह एक कंपनी में चाकर थी, दूसरे वह एक सुंदर एवं आकर्षक युवती थी और तीसरे वह सफल नर्तकी भी थी। दैनिक जीवनयापन के लिए वह कंपनी में चाकर थी। युवती के रूप में वह किसी समर्थ और प्रतिष्ठित युवक से प्रेम करना चाहती थी और नर्तकी के रूप में सामाजिक प्रशंसा की इच्छुक थी। उसका पहला रूप उसकी विवशता थी, दूसरा रूप उसकी शारीरिक एवं भावनात्मक आवश्यकता थी और तीसरे रूप की सहायता से वह सामाजिक प्रतिष्ठा प्राप्त करना चाहती थी। इन तीनों रूपों से निर्मित उर्वशी की मन:स्थिति में संतान उत्पत्ति की जिम्मेदारी और उसके लिए कष्ट सहने की प्रवृत्ति व सहनशक्ति को स्थान नहीं था।

देव और उर्वशी में प्यार इतना घनिष्ठ हो गया कि उन्हें अब एक-दूसरे के बिना एक दिन काटना भी कठिन हो गया। उनका यह प्यार दोनों परिवारों तथा उनकी कंपनी में प्रकट हो गया था। उनके

संपर्क में आनेवाले व्यक्तियों को भी इसकी जानकारी हो गई थी। विवाह तो होना ही था, वह हुआ ही। पर उर्वशी ने अपनी शर्त पूरी की। उसने विवाह से पूर्व ही डॉक्टर के परामर्श से रहस्यमय ढंग से अपनी बच्चेदानी निकलवा दी। उसने देव को यह बात विवाह के बाद ही बताई। देव ने उर्वशी को पत्नी के रूप में उसकी शर्त के साथ ही स्वीकार कर लिया। देव और करता भी क्या?

□

१३

घर का, न घाट का

गजेंद्र का परिवार एक छोटे से नगर में रहता था। परिवार की आर्थिक स्थिति सामान्य थी। वह स्वयं कुशाग्र बुद्धि और महत्त्वाकांक्षी था। उसने अपने नगर के एक विद्यालय से कक्षा बारह तक शिक्षा प्राप्त कर ली। अब वह अपने नगर के निकटतम बड़े नगर के किसी महाविद्यालय से उच्च शिक्षा प्राप्त करना चाहता था। इस संबंध में माता-पिता का अधिक उत्साह न देखकर वह दुःखी तो हुआ, पर निराश नहीं हुआ। उसने पास के एक बड़े नगर के महाविद्यालय में बी.ए. में प्रवेश लिया और अपनी उच्च शिक्षा प्राप्त करने का कार्यक्रम जारी रखा। वह उस बड़े नगर में ही अपने एक सहपाठी के साथ निःशुल्क रहने लगा। महाविद्यालय की फीस अदा करने के लिए वह बच्चों को ट्यूशन पढ़ाता। अपने भोजन पर अधिक व्यय नहीं करता था। अपना नगर पास होने की सुविधा का पूरा लाभ उठाता था। शनिवार की दोपहर को वह रेलगाड़ी से अपने नगर चला जाता। उस रात और रविवार को खूब पेट भर खाना खाता था। उसकी माँ सोमवार की प्रातः उसके लिए तीन-चार दिन के लिए पराँठे बाँध देती। वह लगातार तीन-चार दिन तक बासी पराँठे खाता। जब कभी पराँठे पर सफेद फफूँद जम जाती तो वह गीले कपड़े से साफ कर उन पराँठों को खा लेता था। किसी होटल में

खाना खाने के लिए उसके पास पैसे नहीं होते थे। जब कभी कोई ट्यूशनवाला परिवार उसे खाने पर बुलाता तो वह उनके घर पर खाना न खाकर अपने कमरे पर खाना ले आता था और उसे कई दिन तक खाता। जब कभी कोई और उपाय न सूझता, तब ही वह होटल में खाना खाता था। इसके विपरीत, जिस लड़के के साथ गजेंद्र कमरे में रहता था, वह लड़का एक धनी परिवार से था। वह खाना न खाकर दोनों समय चाट खाया करता था। इस स्थिति के बावजूद गजेंद्र मन लगाकर अध्ययन करता था और उसका परीक्षाफल भी अच्छा रहता था। गजेंद्र ने उच्च शिक्षा सफलतापूर्वक प्राप्त की। उसने एम.कॉम. और अर्थशास्त्र में एम.ए. दोनों परीक्षाएँ प्रथम श्रेणी में उत्तीर्ण कीं।

गजेंद्र ने राष्ट्रीय बीमा कंपनी में अफसर पद के लिए प्रार्थना-पत्र दिया। परीक्षा तथा साक्षात्कार को सफलतापूर्वक निपटाकर वह कंपनी में अफसर हो गया। उसकी नियुक्ति बनारस में हो गई। अध्ययन काल में आर्थिक अभाव होने से धनार्जन का अवसर प्राप्त होने के कारण गजेंद्र के मन में धन के प्रति आकर्षण होना स्वाभाविक था। अब वह अपने विवाह की योजना बनाने लगा। वह नौकरी करनेवाली युवती से विवाह करना चाहता था। अपने व्यक्तिगत तथा अपने परिवार के परिचय के सहारे उसका विवाह एक शिक्षित युवती से हो गया। वह शिक्षकों के परिवार से संबंधित थी और स्वयं भी बनारस में ही शिक्षिका थी। उसका नाम सरस्वती था।

विवाह के तीसरे वर्ष ही सरस्वती ने एक कन्या को जन्म दिया। पति-पत्नी दोनों नौकरी कर रहे थे और उनकी आय भी अच्छी थी। इसलिए उन्होंने अपने घर में लगभग सभी सुविधाएँ जुटा ली थीं। पर जब कभी वे किसी विषय पर बातचीत करते तो उनमें गरमागरम बहस भी हो जाती थी, क्योंकि गजेंद्र के तर्क आर्थिक विषय पर होते थे और सरस्वती अपने तर्कों को शैक्षिक तथा

सामाजिक दृष्टि से प्रस्तुत करती थी। बहस करते-करते वे एक-दूसरे से अलग रहने की बात भी कह देते थे। गजेंद्र अलग होने की बात इतने जोर से कहता था कि सरस्वती को बुरा लगता था।

गजेंद्र और सरस्वती के अलग रहने की नौबत आ ही गई। गजेंद्र का तबादला मेरठ शहर में हो गया। सरस्वती की नौकरी में यह संभावना नहीं थी क्योंकि वह बनारस के एक स्थानीय विद्यालय में ही शिक्षिका थी। अब वे अलग-अलग रहने लगे, गजेंद्र मेरठ में और सरस्वती अपनी पुत्री शीला के साथ बनारस में। अलग रहने से परस्पर निर्भरता तथा आकर्षण कम होते गए। गजेंद्र में यह प्रवृत्ति अधिक थी क्योंकि वह अधिक-से-अधिक धन कमाने की धुन में लगा था। वह अपनी आय से पत्नी और पुत्री पर कुछ भी व्यय नहीं करना चाहता था। जब कभी उसके कार्यालय के सहयोगी अपने परिवारों की चर्चा परस्पर करते थे तो गजेंद्र चुप ही रहता था। जब कभी कोई विवाह और परिवार के बारे में गजेंद्र से पूछता तो अपने को अविवाहित ही घोषित करता। कार्यालय में चंदा नाम की एक अविवाहित युवती थी। वह सुंदर तो थी, पर विवाह के संबंध में अधिक छानबीन करने के कारण उसका विवाह नहीं हो पाया था। उसकी आयु लगभग पैंतीस वर्ष थी।

अब राष्ट्रीय बीमा कंपनी के मेरठ कार्यालय में दो अविवाहित व्यक्ति थे—एक वास्तविक और दूसरा घोषित, एक महिला और दूसरा पुरुष। महिला की आयु पैंतीस वर्ष और पुरुष की चालीस वर्ष। अविवाहित व्यक्तियों को एक-दूसरे की तलाश तो रहती ही है—पुरुष को स्त्री की और स्त्री को पुरुष की। वे भले ही स्थायी साथी न बन सकें, पर समय बिताने के लिए एक-दूसरे का सहारा तो बन ही सकते हैं। कभी-कभी अस्थायी सहारा स्थायी रूप भी धारण कर लेता है। गजेंद्र और चंदा एक-दूसरे की ओर आकर्षित हुए, अस्थायी सहारा बने और फिर स्थायी सहारा बनने की योजना बनाने लगे।

गजेंद्र और चंदा एक-दूसरे को स्थायी सहारे के रूप में देखने लगे, यद्यपि उनके कारण अलग-अलग थे। स्थायी रूप से साथ रहने के लिए चंदा ने गजेंद्र के सामने विवाह का प्रस्ताव रखा। गजेंद्र को इसमें क्या आपत्ति होती। वह तो चंदा के साथ रहने के लिए उतावला था ही। यों भी चंदा के प्रस्ताव को मानने में उसे कोई कठिनाई नहीं थी। वह इस बात को याद नहीं रखना चाहता था कि वह विवाहित है और सरस्वती उसकी पत्नी और शीला उसकी पुत्री है। बहरहाल, गजेंद्र और चंदा ने अनौपचारिक रूप में एक छोटे से कार्यक्रम का आयोजन कर विवाह कर लिया। यह विवाह कानूनी तौर से स्वीकार्य नहीं था, क्योंकि गजेंद्र और सरस्वती का वैवाहिक संबंध समाप्त नहीं हुआ था। उन्होंने एक-दूसरे को तलाक नहीं दिया था।

सरस्वती को गजेंद्र के व्यवहार में शंका तो नजर आती थी, पर वह यह नहीं सोच पा रही थी कि गजेंद्र शिक्षित होने पर भी तलाक बिना दिए कदम उठाएगा। उसे कभी-कभी ऐसा लगता था कि उनके बीच की दूरी कम हो जाएगी और उस दूरी को कम करने में पुत्री शीला के प्रति प्रेम और संवेदना सहायक होगी, पर ऐसा हुआ नहीं। वह इससे आहत हुई कि गजेंद्र में पति के रूप में पत्नी के प्रति संवेदना और पिता के रूप में पुत्री के प्रति कोई उत्तरदायित्व की भावना नहीं है। इसलिए सरस्वती ने भावनात्मक संबंध को अलग कर गजेंद्र के विरुद्ध कानूनी काररवाई करने का निश्चय किया। उसने गजेंद्र और चंदा को कानूनी नोटिस भिजवाया कि उनका वैवाहिक संबंध गैर-कानूनी है और गजेंद्र ने झूठ के सहारे चंदा को धोखा दिया है। सरस्वती की ओर से कानूनी नोटिस पाकर चंदा हैरान रह गई। वह यह अनुमान नहीं लगा पाई थी कि गजेंद्र विवाहित है। चूँकि गजेंद्र उसके विभाग में ही अफसर था, इसलिए उस लालच और मोह में उसने यह जानना आवश्यक नहीं

समझा। पर कानूनी नोटिस पाकर चंदा बहुत आहत हुई; उसने भी गजेंद्र के विरुद्ध कानूनी काररवाई करने का निश्चय किया।

सरस्वती ने गजेंद्र के विरुद्ध विश्वासघात का मुकदमा काशी के न्यायालय में दर्ज कराया। चंदा ने गजेंद्र के विरुद्ध धोखेबाजी का आरोप लगाकर मेरठ के न्यायालय में मुकदमा दर्ज कराया। उसने अपनी पहली पत्नी सरस्वती से समझौता करने और उसे आर्थिक सहायता देने की कोशिश की। पर अब सरस्वती यह निश्चय कर चुकी थी कि वह न्यायालय के निर्णय के आधार पर ही भावी कदम उठाएगी। उसने इस संबंध में पुत्री शीला को भी सावधान कर दिया था। अब गजेंद्र की स्थिति त्रिशंकु जैसी थी, न वह सरस्वती का हो पाया और न चंदा का।

□

१४

त्याग

सरोज का परिवार बंगलौर में रहता था। उसके पिता एक राष्ट्रीय बैंक में अफसर थे। वे असाध्य रोग से पीड़ित थे। बैंक ने उनके स्थान पर सरोज को नौकरी दे दी थी। उसकी माता एक कुशल गृहिणी थी। परिवार में उसकी दो छोटी बहनें भी थीं। एक प्रकार से परिवार का उत्तरदायित्व सरोज पर ही था। वह मेहनती थी और कुशाग्र भी। वह बैंक और अपने पिता के परिवार दोनों का उत्तरदायित्व निभा रही थी। बस, वह अपनी चिंता नहीं कर पा रही थी। उसने छोटी बहनों को पढ़ा-लिखाकर योग्य युवकों के साथ उनका विवाह भी करा दिया। पिता रोगी थे, माँ की सीमाएँ थीं। उसका बड़ा भाई या बड़ी बहन नहीं थे, जो उसके विवाह के लिए कोशिश करते। वह संकोची थी, इसलिए घर बसाने के लिए किसी युवक से संपर्क करने और संबंध बनाने में हिचकती थी। सोचती थी कि यदि मैं ऐसा करूँ तो लोग क्या कहेंगे। वह विवाह की बात पर मन मसोसकर रह जाती थी। इसी प्रतीक्षा में वह चालीस वर्ष की हो गई।

इस आयु तक पहुँचते-पहुँचते उसने अपने बैंक में अच्छी स्थिति बना ली थी। बैंक के अफसर और उसके ग्राहक उसके काम को पसंद करते थे। वह कभी-कभी सोचती थी कि क्यों न

बैंक के अपने सहयोगियों या बैंक के ग्राहकों में से किसी उपयुक्त व्यक्ति से संपर्क बढ़ाए और अपने विवाह की संभावना को टटोलने का प्रयास करे। अब वह प्रथम श्रेणी की अफसर हो गई थी। उसके समकक्ष सभी अफसर विवाहित थे, इसलिए सहकर्मियों में से किसी के साथ संबंध बनाने की संभावना नहीं थी। ग्राहकों में से किसी से घनिष्ठ परिचय नहीं था, क्योंकि ग्राहक तो अपने काम से आते थे। अफसर होने के कारण उनसे उसका मिलना भी नहीं हो पाता था। बंगलौर के अधिकतर निवासी उसके पिता तथा उससे परिचित थे, इसलिए भी वह किसी युवक से इस प्रकार का घनिष्ठ संबंध बनाने में संकोच करती थी।

सरोज का स्वभाव बहुत अच्छा था। वह अपने सहकर्मियों का मार्गदर्शन करती थी और आवश्यकता के अनुसार अपनी सीट छोड़कर उनके काम में सहयोग भी देती थी। इस कारण वह अपने सहकर्मियों में लोकप्रिय हो गई थी। उन्हीं दिनों सोमनाथ नामक एक युवक हैदराबाद से स्थानांतरित होकर उसी शाखा में आया। सोमनाथ का व्यक्तित्व आकर्षक था और वह कार्य में कुशल भी था। वह बैंक में द्वितीय श्रेणी का अफसर था। उसने शिक्षा प्राप्त करने तथा अपना कैरियर बनाने में बहुत परिश्रम किया था। वह महत्त्वाकांक्षी था और अपनी महत्त्वाकांक्षाओं को पूरा करने में प्रयासरत था। इसी धुन में उसकी आयु भी लगभग पैंतीस साल हो गई थी। चेहरे पर बड़प्पन होने के कारण सोमनाथ की आयु चालीस वर्ष से ऊपर ही लगती थी। जब कभी उसे अपने काम में कुछ कठिनाई होती थी तो सरोज उसकी सहायता करती थी। जब सरोज अपने काम में व्यस्त होती थी तो वह अपनी सहयोगी प्रीति से सोमनाथ की सहायता कराती।

प्रीति भी अविवाहित थी और उसकी आयु तीस वर्ष थी। बैंक की बंगलौर शाखा में अब तीन प्राणी अविवाहित थे–सरोज और प्रीति, दो महिलाएँ और सोमनाथ, एक पुरुष। सरोज बैंक के काम में

सोमनाथ की सहायता करती थी और उसने सोमनाथ की उन्नति में भी सहयोग दिया था। सोमनाथ सरोज के प्रति कृतज्ञता का अनुभव करता था। दूसरी ओर सोमनाथ प्रीति की सहायता करने लगा था और वह भी सोमनाथ के प्रति कृतज्ञ थी।

सोमनाथ के एक ओर सरोज थी, जो उसकी वरिष्ठ अफसर थी और उससे आयु में भी बड़ी थी। उसके दूसरी ओर प्रीति थी, जो उसकी कनिष्ठ सहयोगी थी और उससे आयु में छोटी थी। सरोज सोमनाथ के प्रति आकृष्ट थी और सोमनाथ भी उसके एहसान से दबा हुआ था। सरोज के दबाव में सोमनाथ ने प्रीति के साथ अपना विवाह करने की इच्छा को दबा दिया और अनिच्छापूर्वक सरोज के साथ विवाह की स्वीकृति दे दी। इससे सोमनाथ और प्रीति दोनों दुःखी रहने लगे।

बैंक के कर्मचारियों को भी इस बात की जानकारी हो गई कि सरोज और सोमनाथ विवाह-बंधन में बँधने जा रहे हैं। उन्हें इस संबंध के बारे में आश्चर्य भी हुआ, क्योंकि सरोज आयु में सोमनाथ से बड़ी थी और वह सोमनाथ की अपेक्षा वरिष्ठ भी थी। यह बात बैंक के कर्मचारियों में चर्चा का विषय बन गई। कोई उसे उचित मानता और कोई अनुचित।

इस ऊहापोह में सरोज और सोमनाथ ने अपने वैवाहिक संबंध को कार्य रूप देने के लिए कोई प्रारंभिक कार्यक्रम भी नहीं किया था। सरोज के मन में सोमनाथ के प्रति अपनापन था और प्रीति के प्रति संवेदना थी। वह प्रीति में अपनी छोटी बहन के दर्शन करने लगी। सोमनाथ से आयु में बड़ी होने के कारण सरोज उसके प्रति भविष्य में किए जानेवाले अपने व्यवहार के संबंध में अस्पष्ट तथा अनिश्चित थी। सामाजिक मान्यताओं ने उसके वैवाहिक निर्णय में शंका पैदा कर दी। उसे यह भी आशंका थी कि सोमनाथ कहीं उसके प्रति कृतज्ञता के भाव से तो नहीं दब गया है। उसने यह

सोचा कि विवाह जैसे दृढ़ संबंध का भवन शंका और अनिश्चितता की नींव पर खड़ा नहीं होना चाहिए।

सरोज के व्यक्तित्व की मूल संवेदना जाग्रत् हुई और क्रमशः बलवती होती गई। उसने अपनेपन और आत्मविश्वास के साथ सोमनाथ और प्रीति से चर्चा की तथा उन्हें अपनी भावना से अवगत कराया। सरोज ने बैंक में घोषणा कर दी कि सोमनाथ और प्रीति विवाह-बंधन में बँधने जा रहे हैं।

यथासमय सरोज के आशीर्वाद से सोमनाथ और प्रीति का विवाह हुआ। इस उदार एवं पवित्र कार्य को संपन्न करने के बाद सरोज ने वानप्रस्थ ग्रहण कर लिया और वह काशी के एक आश्रम में रहने लगी। उसने वहीं रहकर अपना शेष जीवन आत्मोन्नति तथा समाज-सेवा में व्यतीत किया।

□

१५

वर्तमान बनाम भविष्य

हरीश एक अभावग्रस्त परिवार का बालक था। वह उच्च शिक्षा प्राप्त करना चाहता था, पर उसका परिवार उच्च शिक्षा का व्यय उठाने में असमर्थ था। उसका मन पढ़ाई में लगता था और उसका दिमाग भी तेज था। परीक्षाफल की श्रेष्ठता के आधार पर कभी उसे छात्रवृत्ति मिल जाती थी और कभी उसके रिश्तेदार उसके परिवार की आर्थिक सहायता कर देते थे। इस प्रकार अध्ययन काल में संघर्ष करते हुए उसने इतिहास में एम.ए. कर लिया। उसमें उसने विश्वविद्यालय में प्रथम स्थान प्राप्त किया। उसकी योग्यता के कारण उसे केंद्रीय पुरातत्त्व विभाग में नौकरी मिलने में कठिनाई नहीं हुई।

नौकरी मिलने के बाद हरीश के माता-पिता उसके विवाह की योजना बनाने लगे। आर्थिक दृष्टि से एक मध्यम वर्ग के परिवार में उसका वैवाहिक संबंध तय हो गया। अगले साल हरीश का विवाह कमला के साथ हो गया। अब हरीश का गृहस्थ जीवन प्रारंभ हुआ। पुरातत्त्व विभाग में नौकरी होने के कारण उसे दिल्ली से बाहर बार-बार जाना पड़ता था। हरीश की अनुपस्थिति में कमला प्रायः अपने मायके चली जाती थी। वैसे भी परिवार की आवश्यकताओं और समस्याओं के संबंध में कमला ही निर्णय लेती थी। इनको समझने और इन्हें पूरी करने का हरीश के पास समय न था।

पाँच वर्ष के अंतराल में हरीश के परिवार में दो नए सदस्य जुड़ गए—एक पुत्र और एक पुत्री। पुत्र का नाम रखा कमल और पुत्री का नाम था शीला। शिक्षित परिवार होने के कारण वे शिक्षा का महत्त्व जानते थे। उन्होंने अपने पुत्र और पुत्री को उच्च शिक्षा दिलाई। पुत्र इंजीनियर हो गया, पुत्री ने चार्टर्ड एकाउंटेंट का कोर्स प्रारंभ कर दिया। हरीश ने कमल का विवाह अपने एक सहयोगी की पुत्री के साथ करा दिया। हरीश और कमला अपनी पुत्री के विवाह की योजना बना ही रहे थे कि उन्हें यह ज्ञात हुआ कि उनकी पुत्री शीला की घनिष्ठता उसकी कंपनी में ही एक सहयोगी युवक से हो गई है। परिवार धनी था। धनी परिवार के आकर्षण के कारण हरीश और कमला ने पुत्री और उसके सहयोगी उस युवक की परस्पर घनिष्ठता को सराहा और एक वर्ष बाद उनका विवाह भी कर दिया। हरीश और कमला संतान की ओर से निश्चिंत हो गए थे।

यद्यपि शीला परीक्षा के लिए बहुत परिश्रम करती थी, पर वह चार्टर्ड एकाउंटेंट का कोर्स पूरा नहीं कर पा रही थी। कुछ वर्ष तक तो ऐसा चलता रहा, पर फिर बार-बार परीक्षा में शीला के असफल होने पर उसके पति को बुरा लगा। उसने शीला का कोर्स छुड़वा दिया। इससे शीला को मानसिक आघात लगा और उसका स्वतंत्र व्यक्तित्व दब गया।

परीक्षा में असफल होने का दोष जितना शीला का था, उससे कहीं अधिक सुरेश का आचरण तथा उसके प्रति उसका व्यवहार था। वह रात्रि को नृत्यशालाओं में जाता था और वहाँ शराब भी बहुत पीता था। वहाँ वह एक सुंदर नृत्यांगना की ओर आकर्षित हुआ। वह उसे आर्थिक सहायता देने लगा। यह क्रम कई वर्ष तक चलता रहा। इसी अवधि में शीला दो बच्चों की माँ बन गई। वह अपनी निजी आवश्यकताओं की पूर्ति करने का प्रयास तो नहीं करती थी, पर बच्चों की आवश्यकताओं को लेकर सुरेश से उसका विवाद हो

जाता था। सुरेश तो घर में और घर से बाहर अपनी सभी इच्छाओं को पूरी कर लेता था, पर शीला घर में बँधकर रह गई। इससे उसके मन और मस्तिष्क पर अनुचित दबाव पड़ने लगा। उसे घर में रात-दिन घुटन महसूस होने लगी और उसके प्रभाव में सुरेश के प्रति उसका व्यवहार असामान्य होने लगा। सुरेश ने उसके व्यवहार-परिवर्तन की चिंता नहीं की। वह अपने में मस्त रहा। सुरेश ने बच्चों की चिंता करनी छोड़ दी। इस कशमकश में शीला सबके साथ असामान्य व्यवहार करने लगी। उसका व्यवहार अपने माता-पिता तथा भाई के साथ भी असामान्य हो गया। उसके संपर्क में आनेवाले सभी मित्र तथा संबंधी यह धारणा बनाने लगे कि शीला पागल सी हो गई है। सुरेश को यह एक बहाना मिल गया और वह शीला के प्रति उपेक्षा तथा हिंसक व्यवहार करने लगा।

शीला और सुरेश के बिगड़ते संबंध का प्रभाव उनके दोनों बच्चों पर पड़ने लगा। बच्चों के वर्तमान एवं भविष्य के संबंध में उनके नाना-नानी को चिंता होने लगी--नाना को उनके भविष्य की और नानी को उनके वर्तमान की। नाना ने भी वर्तमान के अभावों को झेलते हुए अपने भविष्य की रचना की थी। नानी को इस बात की चिंता थी कि पुत्री शीला और उसके दोनों बच्चों के पालन-पोषण की आवश्यकताएँ पूरी हों। इन दिनों उनके पालन-पोषण की समस्या और भी बढ़ गई थी, क्योंकि गलत आदतें अपनाने के कारण सुरेश की नौकरी भी छूट गई थी। शीला को भी कोई ढंग की नौकरी मिलने की आशा नहीं थी, क्योंकि सुरेश ने उसकी पढ़ाई अपने शौक के चलते बीच में ही छुड़वा दी थी। हरीश अपने संबंधों के आधार पर अपने दामाद सुरेश को कहीं नौकरी दिलवाते तो वह उसे निभा नहीं पाता था। उसे शराब और सट्टेबाजी की ऐसी लत पड़ गई थी कि अपनी नौकरी के एवज में जो कुछ पाता वह सब लुटा देता था। छोटा सा व्यवसाय करने के लिए हरीश ने उसे कुछ राशि

दी। वह उसने अपने शौक तथा लापरवाही के कारण गँवा दी। हरीश भी अपनी नौकरी से अवकाश प्राप्त कर चुके थे और उन्हें थोड़ी सी पेंशन मिलती थी, जिससे वह अपना खर्च चलाते थे। आखिर कब तक और किस सीमा तक वे अपनी पुत्री तथा दामाद के परिवार का उत्तरदायित्व वहन कर पाते।

अपनी पुत्री शीला के परिवार के वर्तमान तथा भविष्य की चिंता का निवारण करने के लिए हरीश ने कई प्रयोग किए। दूसरे, उन्होंने शीला के परिवार को अपने पुत्र के परिवार के साथ रहने की व्यवस्था की और उनके मासिक व्यय में भागीदारी की। पुत्र के परिवार के साथ शीला, उसके पति तथा दो बच्चों के रहने से एक प्रकार का संयुक्त परिवार बहुत बड़ा हो गया। व्यय की समस्या इतनी गंभीर न होने पर भी सभी सदस्यों की आवश्यकताओं की पूर्ति की दृष्टि से वह व्यवस्था अव्यावहारिक हो गई। जब व्यवस्था नहीं चल पाई तो हरीश और उनकी पत्नी ने अपनी पुत्री के परिवार को एक अलग मकान में अपने साथ रखा; परंतु वह व्यवस्था शीला के पति की स्वच्छंद प्रकृति के कारण नहीं चल पाई।

आखिर हरीश को अपने दामाद की उपेक्षा करनी पड़ी। हरीश और उनकी पत्नी कमला अपनी पुत्री शीला और उसके दोनों बच्चों को साथ लेकर अलग रहने लगे। कमला ने उनका पालन-पोषण कर उनके वर्तमान की व्यवस्था की और हरीश ने उन दोनों बच्चों को अच्छी शिक्षा दिलाई, जिसके लिए वे अपने मित्रों से ऋण लेकर भी सहायता करते रहे। इस व्यवस्था में शीला के पति का कोई स्थान नहीं था। बच्चों ने भी नाना-नानी की सहायता तथा उनके मार्गदर्शन का पूरा लाभ उठाया और समर्थ होने पर उनकी भरपूर सेवा भी की। इस प्रकार वर्तमान ने भविष्य को उज्ज्वल बनाया और भविष्य ने वर्तमान के प्रति कृतज्ञता निभाई।

□

१६

अहम् की करामात

चंपा और गुलाब अपने-अपने प्रदेश के छोटे से नगर के निवासी थे। वे दोनों महत्त्वाकांक्षी थे और महत्त्वाकांक्षा को पूरी करने के लिए उनके परिवार में सामर्थ्य और सुविधा दोनों थी। उन्होंने शिक्षा को अपनी महत्त्वाकांक्षा को पूरी करने का साधन बनाया। उन दोनों ने विद्यालय स्तर की शिक्षा अपने प्रदेश में प्राप्त की। उच्च शिक्षा प्राप्त करने के लिए उन्होंने अलीगढ़ विश्वविद्यालय में एक ही विषय में स्नातकोत्तर डिग्री प्राप्त करने के लिए प्रवेश ले लिया। वे सहपाठी हो गए और एक-दूसरे की सुरभि से आकर्षित हुए। उन्होंने सफलतापूर्वक डिग्री प्राप्त करने के बाद विवाह कर लिया। यह प्रेम-विवाह अंतरप्रांतीय होने के साथ-साथ अंतरजातीय और अंतरभाषी भी था। प्रेम-विवाह के रस में डूबे वे दोनों गुलाब के जन्मस्थान आंध्र प्रदेश के नजामाबाद नगर में दो वर्ष तक रहे। इस अवधि में चंपा ने एक पुत्र को जन्म दिया। चंपा के पति गुलाब को अपने प्रदेश में ही नौकरी मिल गई। वह अपने विभाग में अफसर हो गया। अपना कार्य करने के लिए उसे अपने तथा दूसरे विभागों के अफसरों से मिलना होता था। क्षेत्र के अनेक महत्त्वपूर्ण व्यक्ति भी उससे सलाह करने और उसका सहयोग प्राप्त करने के लिए उसके पास आते थे। उसकी शिक्षा, पद, आय, जन-संपर्क, पैतृक संपत्ति

आदि ने उसके अहम् को अपेक्षा से अधिक बढ़ा दिया। उसके परिवार तथा नगर में किसी की पत्नी इतनी शिक्षित नहीं थी। इस विचार ने भीं उसके अहम् को हवा दी। पर इसका परिणाम यह हुआ कि उसकी प्यारी पत्नी चंपा भी उसके लिए बहुत छोटी हो गई और वह उसकी उपेक्षा करने लगा।

विवाह के बाद एक तो चंपा अपने मातृ-परिवार, नगर, प्रदेश और भाषा-भाषियों से दूर हो गई; दूसरे अब उसका पति भी उसकी उपेक्षा करने लगा। चंपा का अहम् और व्यक्तित्व बिलकुल दब गया। उसे अपने मातृ-परिवार और नगर की याद आने लगी। अपने प्रदेश तथा समभाषा-भाषियों के साथ रहने की उसकी इच्छा बलवती होने लगी। वह शिक्षित तो थी ही। उसने अपनी जन्मभूमि के नगर में नौकरी की खोज की। नौकरी पाने में उसे बहुत कठिनाई नहीं हुई, क्योंकि उस नगर में उसके पिता तथा भाइयों का अच्छा प्रभाव था। चंपा मेरठ जिले के शिक्षा विभाग में निरीक्षक नियुक्त हो गई।

चंपा मेरठ में अपने पुत्र के साथ रहने लगी और गुलाब निजामाबाद में। दोनों अपनी-अपनी नौकरी में व्यस्त हो गए। वे वर्ष में एक बार कुछ दिनों तक साथ रहते थे, पर उसके लिए उन्हें अवकाश लेना पड़ता था। कभी चंपा निजामाबाद चली जाती थी और कभी गुलाब मेरठ आ जाता था। इसके अतिरिक्त जब कभी उन्हें एक-दूसरे से सलाह लेनी होती थी या बात करनी होती थी तो वे दूरभाष पर बात कर लेते थे। विवाह के बाद चंपा और गुलाब ने प्रारंभिक वर्षों में यह प्रयास किया कि दोनों एक नगर में आ जाएँ, पर भिन्न भाषा होने के कारण उन्हें एक ही स्थान पर नौकरी नहीं मिल पाई।

चंपा दोहरी जिम्मेदारी निभा रही थी। पुत्र का पालन-पोषण और अपनी नौकरी, जबकि गुलाब को केवल अपनी नौकरी की जिम्मेदारी निभानी थी। चंपा ने अपने संबंधों के सहारे यह कोशिश

की कि उसके पति को मेरठ में ही कोई नौकरी मिल जाए। पर गुलाब को अपने क्षेत्र से राग और पद से पोषित अहम् के कारण यह स्वीकार्य नहीं था। उसका अहम् चंपा की कृपा को स्वीकार करने को तैयार नहीं था। उधर चंपा की मन:स्थिति भी वैसी ही थी। अपनी शिक्षा, पद, मातृ-परिवार में प्राप्त महत्त्व के कारण चंपा का अहम् भी पूरे जोरों पर था। पुत्र के पालन-पोषण से प्राप्त संतोष और आत्मविश्वास ने उसमें स्वावलंबन की भावना भी पैदा कर दी। इस अवधि में उसने एक अच्छी बस्ती में मकान भी खरीद लिया। मकान मालिक होने पर उसे नगर से राग और संपत्ति का लोभ भी हो गया। कभी-कभी वह अपने भाई-बहन से अपनी संप्राप्ति की तुलना करती तो वह उनकी अपेक्षा अपने आपको अधिक सफल मानती। फिर भी वह अपने जीवन में स्थायित्व के अभाव का अनुभव करती। ऐसी मन:स्थिति में उसका गर्व उसे सहारा देता, पर वह अपने पति को नहीं खोना चाहती थी। इसीलिए वह उसे यदा-कदा फोन करती रहती थी। गुलाब की रुचि स्थायित्व में नहीं थी। वह जहाँ भी रहता अपने लिए नई सुविधाओं का प्रबंध कर लिया करता था। वह अपने पैतृक परिवार, अपनी जाति और अपने क्षेत्र के परिवेश में इतना रमा हुआ था कि वह उसे छोड़ना नहीं चाहता था। उसमें नए परिवेश में रहकर संघर्ष करने का साहस नहीं था। पारिवारिक स्थायित्व में भी उसकी रुचि नहीं थी। उसे अपने जीवनयापन और अहम् की तुष्टि के लिए जितना धन, सम्मान, सुख-सुविधाएँ प्राप्त थीं, उनसे वह संतुष्ट था। चंपा की संतुष्टि से उसे कोई सरोकार नहीं था। समय गुजरने के साथ उसे चंपा तथा अपने पुत्र में भी कोई रुचि नहीं रह गई। अब गुलाब ने चंपा को फोन करना बंद कर दिया; चंपा ही उसे फोन करती और उत्तर में वह ऊटपटाँग जवाब देता।

चंपा का पुत्र निराकार कभी-कभी दूरभाष पर अपने माता-पिता

का संवाद सुनता तो उसे वह संवाद समझ में नहीं आता था और न वह उसे अच्छा लगता था। वह उनके परस्पर संबंध को समझने में भी असफल रहता। बढ़ती आयु के साथ वह अपनी माँ के कहीं आने-जाने पर नियंत्रण करने का प्रयास करता। प्रारंभ में तो चंपा को ऐसा लगा कि उसका पुत्र उसकी स्वतंत्रता में बाधा डाल रहा है। पर ज्यों-ज्यों समय गुजरा वह पुत्र के नियंत्रण में अपनी सुरक्षा महसूस करने लगी। वह पति की अनुपस्थिति में पुत्र के नियंत्रण में संरक्षण की भावना को महसूस करने लगी। पर पिता की उदासीनता पुत्र को व्यक्तिगत तथा सामाजिक दृष्टि से सताने लगी। वह पिता की उदासीनता का कारण न समझ पाता और न उस संबंध में किसी का समाधान कर पाता। उसे भी केवल माँ के संरक्षण से संतोष करना पड़ता। निराकार ने अपने पिता से संपर्क साधा। वह उनसे भेंट करने के लिए उनके नगर भी गया। उसे उनसे कोई सहयोग तो नहीं मिला, पर मिलने पर उसकी जिज्ञासा अवश्य शांत हो गई।

कुछ वर्षों तक तीनों पात्र इसी भूमिका में रहते रहे। इधर निराकार ने उच्च शिक्षा प्राप्त कर ली और उसका चयन केंद्रीय प्रशासनिक सेवा में हो गया। प्रशिक्षण प्राप्त करते समय उसका संपर्क और घनिष्ठता उसकी सहयोगी मूर्ति से हो गई। मूर्ति आंध्र प्रदेश की मूल निवासी थी। उन दोनों ने स्थायी रूप से साथ-साथ रहने का निश्चय कर लिया। निराकार ने अपने माता-पिता से इस निश्चय को विवाह का रूप देने की प्रार्थना की, जिसे गुलाब और चंपा दोनों ने स्वीकार कर लिया।

गुलाब उम्र में चंपा से पाँच वर्ष बड़े थे, इसलिए उन्होंने पहले अवकाश प्राप्त कर लिया। चंपा अवकाश प्राप्त करनेवाली थी। अवकाश-प्राप्ति के बाद पद के कारण जो सुख-सुविधाएँ उन्हें प्राप्त थीं और जिन कारणों से उनके अहम् को पुष्टि मिलती थी, वे सब अदृश्य हो गए। अब गुलाब को चंपा और चंपा को

गुलाब के अलावा कोई सहारा दिखाई नहीं दिया। युवावस्था का जोश ठंडा पड़ चुका था। अब उन्हें परिवार ही एक मात्र सहारा लगने लगा। युवावस्था की भूल को सुधारकर अब गुलाब और चंपा अपने पुत्र निराकार और पुत्रवधू मूर्ति के संरक्षण में शांति एवं संतोष से जीवन व्यतीत करने लगे। निराकार ने अपना रूप मूर्ति में देखा और मूर्ति ने निराकार में, दोनों ने मिलकर परिवार को सुंदर और सुखद रूप दिया।

□

१७

बुद्धिवादी

नीता एक महाविद्यालय में प्राध्यापिका थी। महाविद्यालय के कार्य के अतिरिक्त वह बहुत से सम्मेलनों तथा गोष्ठियों में भाग लेती थी। उसे बहुत से निमंत्रण प्राप्त होते थे। उसका कारण था उन कार्यक्रमों में उसका योगदान। वह कुशाग्र होने के अतिरिक्त सुंदर भी थी। बचपन में वह कली थी और युवावस्था में एक सुगंधित पुष्प की भाँति खिल उठी थी। किशोरावस्था में उसने कुछ फिल्मों में भी काम किया था, पर वह उसे रास नहीं आया। वह जहाँ भी जाती, उसे अपने आकर्षक व्यक्तित्व के कारण संगति देने का निमंत्रण मिल जाता था, पर वह अपनी सुरक्षा के प्रति बहुत सावधान रहती थी। उसे आदमी की पहचान थी। इसलिए वह हर समय, हर जगह प्रत्येक आदमी के साथ नहीं जाती थी। यदि उसे कहीं जाना ही पड़ता तो अपनी किसी विश्वस्त सहेली को अपने साथ ले लेती।

नीता प्रगतिशील विचारों की महिला थी। वह स्त्री-पुरुष के संबंधों पर बोलने में संकोच नहीं करती थी। उसके विचारों में स्पष्टता तथा व्यावहारिकता होती थी, साथ ही उसकी वाणी मधुर थी। सुंदर व आकर्षक व्यक्तित्व और मधुर वाणी के कारण वह गोष्ठियों तथा सम्मेलनों का केंद्र बन जाती थी। उसे भी इनमें जाने का चाव सा लग गया था। ये गोष्ठियाँ तथा सम्मेलन प्रदेश, राष्ट्रीय

तथा अंतराष्ट्रीय स्तर पर आयोजित होते थे। इनमें निरंतर भाग लेने से वह लोगों से मिलने-जुलने में भी कुशल हो गई थी, पर पारिवारिक जीवन की आवश्यकताओं और समस्याओं से वह अनभिज्ञ थी।

दिल्ली में आयोजित एक त्रिदिवसीय राष्ट्रीय सम्मेलन में नीता ने भाग लिया। दूसरे दिन ही वह आकर्षण का केंद्र बन गई। दक्षिण भारत का निवासी धीरज नाम का एक युवक उसकी ओर आकर्षित हुआ। वह युवक सुंदर था और उसका शरीर भी सुगठित था। वह अच्छा व्यक्ति भी था। सम्मेलन के सदस्यों ने तो उसके विचारों और अभिव्यक्ति की प्रशंसा की थी, पर नीता उसकी ओर विशेष रूप से आकर्षित हुई थी। उसने उस युवक में अपने समान गुण देखे—प्रगतिशील विचार, प्रभावी अभिव्यक्ति और मधुर वाणी। वह युवक भी नीता के व्यक्तित्व से प्रभावित हुआ।

सम्मेलन के दिन तो सीमित थे और भागीदारी भी सीमित थी। उससे संतुष्ट न होकर उन्होंने व्यक्तिगत रूप से मिलने-जुलने का कार्यक्रम बनाया। नीता का परिवार तो दिल्ली में ही था। नीता ने उस युवक को अपने घर आने का निमंत्रण दिया। वह धीरज को अपने माता-पिता से मिलाना चाहती थी। उसने सम्मेलन के बाद धीरज से सप्ताह के अंत तक अपने घर रुकने का आग्रह किया, जिससे वे एक-दूसरे को भली प्रकार जान सकें। धीरज सप्ताह के अंत तक उनके घर पर रहने का सुझाव मान गया। धीरज को विचारों और व्यवहार में नीता तथा उसके माता-पिता अच्छे लगे।

नीता और उसके माता-पिता को धीरज इसलिए भी पसंद आया कि वह दक्षिण भारतीय था और चेन्नई में रहता था। उसके परिवार की आर्थिक स्थिति नीता के परिवार की आर्थिक स्थिति के समकक्ष नहीं थी, पर वह उनके परस्पर आकर्षण में बाधक नहीं बनी।

अगले ग्रीष्म अवकाश में उनका विवाह हो गया। अब उनके

सामने प्रश्न था कि स्थायी रूप से कहाँ बसा जाए–दिल्ली में या चेन्नई में। धीरज चेन्नई में एक महाविद्यालय में प्राध्यापक था। वह वहीं बसना चाहता था, पर नीता दिल्ली में ही रहना चाहती थी। फिर चेन्नई में उसे सरलता से नौकरी पाने की सुविधा भी नहीं थी। आखिरकार, नौकरी की विवशता के कारण नीता दिल्ली में रहती रही और धीरज चेन्नई में । अवकाश के दिनों में कभी नीता चेन्नई चली जाती और कभी धीरज दिल्ली आ जाता।

पति–पत्नी बनने के बाद अब उन्हें परिवार भी बनाना था। परिवार बनाते और चलाते वर्षों बीत गए, पर इस उत्तरदायित्व को मुख्य रूप से नीता ने निभाया। धीरज ऐसे आता था जैसे पिकनिक पर आया हो। वह परिवार के कार्यों में कोई रुचि नहीं लेता था। परिवार में उसकी रुचि इसलिए भी कम हो गई कि नीता ने आठ वर्ष की अवधि में दो पुत्रियों को जन्म दिया, जिनका नाम रखा–शीला और सुशीला। नीता को अपनी पुत्रियों से मोह हो गया। वे दोनों उसी के रंग–रूप पर गई थीं। नीता परिवार का उत्तरदायित्व निभाती रही और समय के साथ उसने अपनी दोनों पुत्रियों को उत्तम शिक्षा दिलाई। एक डॉक्टर बन गई और दूसरी इंजीनियर। इस अवधि में उन्होंने दो मकान भी खरीद लिये। पुत्रियों के विवाह और मकान खरीदने में धीरज ने भी सहयोग दिया, पर वह सहयोग कर्तव्य–प्रेरित न होकर अधिकार–आधारित था। धीरज ने वे दोनों मकान नीता या पुत्रियों के नाम से न खरीदकर अपने नाम खरीदे थे। नीता जमीन–जायदाद के झंझट में नहीं पड़ना चाहती थी, पर यह अवश्य चाहती थी कि वे मकान पुत्रियों के काम आएँ।

समय रहते दोनों पुत्रियों के विवाह हो गए–डॉक्टर पुत्री का डॉक्टर के साथ और इंजीनियर का इंजीनियर के साथ। इंजीनियर जोड़ा नौकरी पर लग गया। डॉक्टरों ने एक नर्सिंगहोम प्रारंभ किया। नर्सिंगहोम बनाने में खर्चा अधिक हो गया, पर उस अनुपात में

आमदनी नहीं हुई। डॉक्टर जोड़े ने माता-पिता से आर्थिक सहायता की अपेक्षा की। नीता के पास इतनी राशि तो नहीं थी कि वह शीला और उसके पति का घाटा पूरा कर दे। वह यह चाहती थी कि दो में से एक मकान को किराए पर उठा दिया जाए और उससे प्राप्त होनेवाली आय को नियमित रूप से शीला को दे दी जाए। नीता और उसका पति धीरज दोनों अपनी नौकरी से अवकाश प्राप्त कर चुके थे और उन्हें पेंशन की इतनी राशि मिलती थी, जिससे उन दोनों का सुविधापूर्वक गुजारा होता था। अतः एक मकान को किराए पर चढ़ाने के अतिरिक्त कोई चारा नहीं था। नीता तो चाहती थी कि एक-एक मकान एक-एक पुत्री के नाम कर दिया जाए और वे दोनों पति-पत्नी कभी शीला के साथ रहें और कभी सुशीला के।

धीरज को इनमें से कोई सुझाव पसंद नहीं था। विवाह से पूर्व धन का अभाव उसे याद आ जाता था और वह धन के संबंध में किसी से कोई समझौता नहीं करना चाहता था। नीता और धीरज दोनों के व्यवहार की प्रेरणाएँ भिन्न थीं। नीता कर्तव्य से प्रेरित होकर पुत्रियों की सहायता करना चाहती थी और धीरज अधिकार-भावना से अभिभूत होकर प्रत्येक वस्तु अपने कब्जे में रखना चाहता था। परिणामस्वरूप कर्तव्य और अधिकार में संघर्ष प्रारंभ हो गया।

नीता और धीरज में पुत्रियों के संदर्भ में विवाद प्रारंभ हो गया। धीरज परिवार में किसी पर विश्वास नहीं करता था। वह उनसे अलग रहने लगा। मन में संदेह होने के कारण वह भोजन भी बाहर होटल में करने लगा। उसने बैंक में एक लॉकर ले लिया। वह मकान के कागज और अपने रुपए आदि उसी लॉकर में रखने लगा। परिवार में विवाद होने पर वह अकेला पड़ जाता था तो कभी-कभी बीमारी के बहाने अस्पताल में दाखिल हो जाता था, जहाँ वह अपनी सेवा नर्स से कराता था। अपनी पत्नी के अलावा वह अस्पताल में अपनी पुत्रियों तथा दामादों से भी नहीं मिलता था।

परिवार में विवाद बढ़ता गया। नीता बहुत दुःखी रहने लगी। उसने परिवार के विवाद को समाप्त करने की बहुत कोशिश की। वह बौद्धिक तर्कों के सहारे विवाद को समाप्त करने का प्रयास करती थी। वह कुशाग्र बुद्धि थी और बोलती भी बहुत थी। उसके अधिकतर तर्क बच्चों के पक्ष में होते थे। इससे उसके पति के अहम् को चोट लगती थी। उन्होंने एक-दूसरे से बोलना बंद कर दिया। अब वे दोनों साथ-साथ रहते हुए भी अकेले हो गए।

नीता तो अपना अकेलापन दूर कर लेती थी। वह कभी एक पुत्री के पास रहती और कभी दूसरी के पास। वैसे भी वह नाना प्रकार की गोष्ठियों तथा सम्मेलनों में भाग लेने बाहर जाती रहती थी। उसने अपने पुराने संबंधों को याद किया। परिचय और संबंधों के कारण निमंत्रण उसे सहज ही मिल जाते थे। नगर से बाहर कुछ व्यक्तियों से नीता के पारिवारिक संबंध भी हो गए थे। अपने परिवार के बारे में उनसे बात करना उसे सुरक्षित लगता था। इस तरह वह अपने मन को हलका कर अपना अकेलापन दूर कर लेती थी। केवल बौद्धिकता से अपनी समस्या को वह हल तो नहीं कर पाई, पर समस्या के दुष्प्रभाव से अपने आपको बचा सकी। उसने धीरज से संघर्ष करना उचित नहीं समझा और उसे उसके हाल पर ही छोड़ दिया।

□

१८

दोषी कौन

छोटा नगर, छोटा व्यवसाय, सीमित आय। परिवार में दो बहनें एक भाई। पिता ईमानदार और भाई सीधा-सादा, दोनों में व्यावसायिक कौशल का अभाव। बालिकाओं के लिए शिक्षा ही एक मात्र सहारा। दोनों बहनों ने शिक्षा प्राप्त की, पर उनमें कुसुम सबसे आगे निकल गई। उसने राष्ट्रीय स्तर से लेकर अंतरराष्ट्रीय स्तर की शिक्षा प्राप्त की, पर उसकी जन्मभूमि छोटे नगर के लिए उसकी वह शिक्षा बेकार। भावी जीवन की रचना की दृष्टि से कुसुम बड़े नगर में आ गई। वहाँ उसे एक अंतरराष्ट्रीय संस्थान में नौकरी मिल गई।

नौकरी मिलने के बाद पारिवारिक परंपरा के अनुसार माता-पिता कुसुम के विवाह की चिंता करने लगे। वह शिक्षा प्राप्त करते-करते युवती हो गई थी। फिर वह तो एक सुंदर युवती की सभी अपेक्षाएँ पूरी करती थी, उसकी आकृति सुंदर और व्यक्तित्व आकर्षक था। किसी युवक द्वारा उसे पसंद किए जाने में कोई कठिनाई नहीं थी। बड़े नगर में कुसुम की नौकरी होने के कारण उसके लिए योग्य युवक उसी नगर में ढूँढ़ना था। केवल यह असुविधा थी कि उसके माता-पिता बड़े नगर में किसी युवक से संपर्क करने के लिए अपना घर छोड़कर बार-बार वहाँ नहीं आ सकते थे।

योग्य युवक की खोज को व्यापक बनाने के लिए समाचार-पत्र

में वैवाहिक विज्ञापन दिया गया। कुसुम की विशेषताओं के परिणामस्वरूप अनेक युवकों के पत्र प्राप्त हुए। उन पत्रों में से कुसुम के अनुकूल पत्र चुने गए। पत्रों से संबंधित लगभग सभी युवक उच्च शिक्षा प्राप्त थे। चुने गए पत्रों के आधार पर कुछ युवकों से कुसुम के परिवार द्वारा संपर्क साधा गया और कुछ युवकों ने स्वयं ही उसके परिवार से दूरभाष पर संपर्क किया। प्रश्न था कि उन शिक्षित युवकों से दूरभाष पर कौन बात करे। कुसुम के पिता तो अपने व्यवसाय के कारण अपने नगर में रहते थे, उसकी माता उसके साथ बड़े नगर में रहती थी। उन युवकों से दूरभाष पर बात करना कुसुम की माता को सुविधाजनक नहीं था। इसलिए कई बार कुसुम अपने आपको युवती की माँ बताकर उन युवकों से बात करती थी। यह इसलिए भी आवश्यक था कि वह उनकी शिक्षा के संबंध में जानकारी प्राप्त कर उनकी योग्यता का आकलन भी कर लेती थी। यों भी व्यवसायी परिवार तथा नौकरी-पेशा परिवार की अपेक्षाएँ भिन्न-भिन्न होती हैं। दोनों ओर से दूरभाष पर बातचीत के आधार पर तीन युवकों का चयन किया गया। दोनों ओर की सुविधा के अनुसार कुसुम और उसके माता-पिता एक-एक करके तीनों युवकों तथा उनके माता-पिता से मिलने उनके निवास पर गए, जिससे वे उनके परिवार का रहन-सहन जान सकें। कुसुम का उनके घर जाना संभवतया अच्छा न लगा हो, पर कुसुम स्वयं ही सारी स्थिति देखना चाहती थी। अस्तु, उन तीनों को एक युवक पसंद आया, जो नगर में अकेला रह रहा था। उसके माता-पिता किसी अन्य नगर में रहते थे। वह शिक्षित था, पर नौकरी नहीं करता था। वह एक छोटा सा निजी शिक्षा संस्थान चलाता था, जो एक प्रकार से अंशतः व्यावसायिक भी था। व्यवसायी परिवार होने की समानता के कारण कुसुम और उसके माता-पिता को वह युवक पसंद आया। उसका नाम था—पुष्पेंद्र कुमार। कुसुम और पुष्पेंद्र, दोनों

के नामों का मेल भी हो गया।

कुसुम के माता-पिता उसके संबंध के बारे में अंतिम निर्णय लेने से पहले पुष्पेंद्र द्वारा संचालित शिक्षा संस्थान से होनेवाली आमदनी की जाँच-पड़ताल करना चाहते थे। इसके लिए उन्होंने एक संबंधी विशेषज्ञ को इसका दायित्व सौंपा। पुष्पेंद्र भी व्यावसायिक दृष्टि से चतुर था। उसने आमदनी का दोहरा-तिहरा हिसाब बना रखा था। वह आवश्यकता के अनुसार उपयुक्त व्यक्ति को वैसा ही हिसाब दिखाता था। अस्तु, जाँच-पड़ताल करनेवाला विशेषज्ञ उसकी आय के संबंध में संतुष्ट हो गया। उसने भी कुसुम के विवाह के लिए पुष्पेंद्र के नाम की सिफारिश कर दी। आखिर कुसुम और पुष्पेंद्र का विवाह तय हो गया।

अब विवाह की तैयारियाँ होने लगीं। पुष्पेंद्र और कुसुम दोनों के परिवार उस नगर में नहीं रहते थे और उसी बड़े नगर में विवाह करने की योजना बनाई गई। इसलिए विवाहोत्सव में अधिक भीड़ की संभावना नहीं थी। दोनों ओर के कुछ निकटतम संबंधियों और मित्रों ने विवाह में भाग लिया। यों भी कुसुम के पिता की आर्थिक स्थिति सामान्य थी। इसलिए विवाह का कार्यक्रम एक मंदिर में आयोजित हुआ था और आगंतुकों का स्वागत पास के एक छोटे से होटल में किया गया। आखिर विवाह संपन्न हो गया और उसके संबंध में यह अच्छी बात थी कि उसमें धन का अपव्यय और दिखावा नहीं था।

पुष्पेंद्र और कुसुम का गृहस्थ जीवन प्रारंभ हो गया। पति-पत्नी के मिलन का परिणाम दूसरे महीने में ही दिखने लगा। कुसुम गर्भवती हो गई। उसे कुछ अतिरिक्त सुविधाओं की आवश्यकता हुई। अपने कार्यालय में आने-जाने के लिए उसे कुछ अतिरिक्त व्यय करना होता था और साथ ही उसे अपने खान-पान का विशेष ध्यान रखना होता था। पुष्पेंद्र विवाह से पूर्व अपने दो कमरेवाले संस्थान में

ही रहता था। विवाह के बाद भी वे दोनों उसी मकान में रहते थे। इसलिए पुष्पेंद्र को कहीं आने-जाने की आवश्यकता नहीं थी। वह कुसुम की विशेष स्थिति के कारण उसकी विशेष आवश्यकताओं के प्रति संवेदनशील नहीं था। वह कुसुम द्वारा अपनी आवश्यकताओं की पूर्ति के लिए किए जानेवाले व्यय पर आपत्ति उठाने लगा। उसने ऐसा व्यवहार करना प्रारंभ कर दिया कि जैसे कुसुम की आय पर उसका अधिकार हो। वह गृहस्थी चलाने के लिए कुसुम को कम खर्च करने के लिए उपदेश देता और साथ ही उसके द्वारा किए गए खर्च के संबंध में उसे डाँटता-फटकारता। उसके अपने संस्थान से कम आय होती थी, जिसके संबंध में वह कुसुम को कोई जानकारी नहीं देता था; क्योंकि विवाह के पूर्व आय संबंधी जो आँकड़े उसने दिखाए थे, वे सब झूठे थे। इसी प्रकार लड़ते-झगड़ते लगभग एक वर्ष निकल गया और उसी वर्ष कुसुम ने पुत्र को जन्म दिया। कुसुम को अपने कार्यालय से बिना तनख्वाह के छह महीने का अवकाश लेना पड़ा, क्योंकि उसकी नौकरी भी नई थी। फिर पुत्र के जन्म के बाद कुसुम और बेटे का खर्च बढ़ गया, जो पुष्पेंद्र को असह्य हो गया। परिवार में जो कुछ घट रहा था उसके लिए वह कुसुम को जिम्मेदार मान रहा था। वह उत्तरदायित्व का अपना भाग भी स्वीकार करने को तैयार नहीं था। वह पत्नी की और अपनी आय दोनों पर अपना अधिकार जमाता था।

शिक्षित और समर्थ कुसुम को यह कैसे स्वीकार्य हो सकता था। वह तो अपने कार्यालय में अपने सहयोगियों को पुरुष-स्त्री समानता पर भाषण देती थी। वह पुष्पेंद्र के इस प्रकार के स्वार्थी व्यवहार को कब तक सहती। अब उनके विवादों का विषय बदलने लगा। वह एक-दूसरे के व्यवहार को सहन न करने की बात से प्रारंभ होता और एक-दूसरे से अलग होने और रहने के सुझाव पर समाप्त होता। पुष्पेंद्र के तर्क उपदेशात्मक थे और कुसुम के तर्क

रोजाना के व्यवहार से संबंधित थे। दोनों ही अपने आपको समझदार और दूसरे को मूर्ख बनाने और बताने का प्रयास करते। उनके द्वारा दिए गए तर्कों से परस्पर मतभेद बढ़ने लगा और आस्था तथा विश्वास की निरंतर कमी होने के कारण भावी जीवन की दृष्टि से वे एक-दूसरे के प्रति शंकालु हो गए। पुष्पेंद्र कुसुम पर दोष मढ़ने में आक्रामक हो जाता था। ऐसा लगता था कि सारा दोष कुसुम का ही है। जब कुसुम की यह स्थिति हो गई तो उसने पति से अलग रहने का निर्णय ले लिया।

पुष्पेंद्र और कुसुम अलग रहने लगे। अलग होने का दोष भी पुष्पेंद्र ने कुसुम के सिर मढ़ा। कुसुम शिशु को लेकर अलग रहने लगी और पुष्पेंद्र अकेला। कुसुम के माता-पिता तथा अन्य संबंधियों ने उनका समझौता कराने का प्रयास किया, पर उन्हें सफलता नहीं मिली। पुष्पेंद्र के माता-पिता तथा उसके किसी अन्य संबंधी ने उसे समझाने का प्रयत्न नहीं किया। अब कुसुम के सामने दोहरी समस्या थी—अपनी नौकरी और शिशु का पालन-पोषण। आखिर माँ तो माँ होती है। कुसुम की माँ ने शिशु के पालन-पोषण में हाथ बँटाना प्रारंभ किया। माँ के रूप में तीन संतानों का पालन पोषण करने का अपना उत्तरदायित्व तो उन्होंने निभाया ही था, पर वे शिशु की माँ की माँ के रूप में अपनी बेटी का भी उत्तरदायित्व निभाने लगीं; क्योंकि उनकी इस सहायता के बिना कुसुम का नौकरी करना असंभव था। कुसुम वर्तमान में रह रही थी और भविष्य की चिंता कर रही थी। वह अपने विद्यार्थियों को विवाह-बंधन में न बँधने की सलाह देने लगी।

दूसरी ओर जब कभी पुष्पेंद्र को अकेलापन महसूस होता तो वह कुसुम के निवास के दूरभाष पर फोन करता। वह कुसुम की कुशलता के संबंध में तो कुछ नहीं पूछता, पर शिशु की कुशलता के बारे में जानना चाहता था। वह शिशु के रूप में अपना पुरुषार्थ

और अपनी भावी संभावनाओं को देखता था। वह कुसुम को पुष्पेंद्र की भेंट थी, पर उस भेंट को पाने के लिए कुसुम ने तो तपस्या की, पर पुष्पेंद्र उसका प्रतिदान नहीं कर सका। कुसुम को देने के लिए पुष्पेंद्र के पास कुछ नहीं था, वह उससे निरंतर लेता ही रहा।

क्या अपने कर्तव्य को न निभानेवाले व्यक्ति को अपने अधिकार की बात करना न्याय-संगत है?

□

११

अपराध-बोध

क्रांति कुमार ने कानपुर विश्वविद्यालय से भौतिक विज्ञान में प्रथम श्रेणी में स्नातकोत्तर परीक्षा पास की थी। उसने परीक्षा में प्रथम स्थान भी प्राप्त किया था। परीक्षा-परिणाम के अंतर्गत उसका नाम समाचार-पत्रों में छपा। पीलीभीत निवासी गिरीश चंद्र ने समाचार-पत्र में यह समाचार पढ़ा तो वे उससे प्रभावित हुए। उनकी बेटी शांति देवी एक स्थानीय महाविद्यालय से एम.ए. कर चुकी थी। उसने शिक्षक बनने के लिए बी.एड. भी कर लिया था। शांति के पिता ने अपनी पुत्री के विवाह की दृष्टि से क्रांति कुमार के संबंध में आवश्यक जानकारी जुटानी प्रारंभ कर दी। उन्हें ज्ञात हुआ कि क्रांति कुमार उनकी जाति का ही युवक है। गिरीश चंद्र अपने नगर में ही वकालत करते थे। नगर में उनकी प्रतिष्ठा भी थी और उनकी आर्थिक स्थिति भी अच्छी थी। उन्होंने क्रांति के साथ अपनी बेटी शांति के विवाह के लिए प्रयत्न करना प्रारंभ कर दिया। क्रांति के माता-पिता कानपुर में रहते थे। क्रांति के पिता कानपुर के एक वकील के सहायक थे और उसकी माँ घर पर ही रहती थी। आवश्यक पूछताछ और रीति-रिवाजों को निभाने के बाद क्रांति और शांति का विवाह हो गया।

क्रांति की शैक्षिक योग्यता उत्तम थी। उन दिनों विश्वविद्यालय

की परीक्षा में प्रथम श्रेणी और प्रथम स्थान परीक्षा फल की दृष्टि से श्रेष्ठ माना जाता था। क्रांति को भोपाल के एक महाविद्यालय में नौकरी सहज ही मिल गई और वह प्राध्यापक हो गया। वह शिक्षण-कार्य में कुशल था और इस कारण उसे महाविद्यालय में सम्मान भी मिला, पर शांति के साथ उसका व्यवहार विचित्र था। वह प्रायः शांति को अपने सामने बैठाकर उसके दोनों गालों पर थप्पड़ मारा करता था और उससे अपने माता-पिता की बुराई करने तथा उन्हें बुरी-बुरी गालियाँ देने को कहता था। जब शांति उसकी बात नहीं मानती तो उसको और अधिक प्रताड़ित करता था। जब कभी क्रांति अपनी ससुराल आता था और शांति के पिता उससे कुशल समाचार पूछते थे तो वह बहुत क्रोधित हो जाता था और शांति से कहता–क्या तेरे पिता पुलिस अफसर हैं, जो मेरी कुशलता की जाँच करना चाहते हैं? कभी-कभी शांति के पिता भोपाल के दूरभाष पर क्रांति से कुशल-मंगल पूछते तो भी क्रोधित होकर ऊटपटाँग जवाब देता था। इस स्थिति में शांति को बहुत दुःख होता था और वह पागल सी हो जाती थी। वह भोपाल में क्रांति के साथ नहीं रहना चाहती थी। जब कभी उसे भोपाल रहना पड़ता तो पागल जैसा व्यवहार करती। क्रांति उसके संबंध में उलटी-सीधी शिकायतें करता था। इससे शांति और क्रांति दोनों के माता-पिता बहुत दुःखी होते थे। उन्हें इस स्थिति का हल समझ में नहीं आता था।

शांति के पिता वकील थे, इसलिए उन्होंने कानूनी दृष्टि से क्रांति के बारे में जाँच प्रारंभ कर दी। जाँच के दौरान उन्हें यह ज्ञात हुआ कि कानपुर में अध्ययन करते हुए उसने वहाँ कुछ अपराध किया था और उसे उस संबंध में कोई दंड नहीं मिला था। विवाह से पूर्व उन्हें इसकी कोई भनक तक नहीं मिली थी। विवाह सहज रूप में हो गया था; पर अब क्रांति का व्यवहार देखकर वे सचेत हो गए। एक तो उनकी बेटी के सुख-चैन की समस्या और दूसरे उनका

कानूनी व्यक्तित्व, उन्होंने क्रांति के व्यवहार के पीछे के मूल कारण को जानने का प्रयत्न जारी रखा।

जिस वर्ष क्रांति ने कानपुर विश्वविद्यालय से स्नातकोत्तर परीक्षा पास की थी, उसी वर्ष उसके एक सहयोगी को किसी ने भोजन में विष दे दिया था। उससे वह रोगी हो गया था। उसके रोग को स्वाभाविक माना गया था। सहपाठी के माता-पिता अपने पुत्र को छात्रावास से निकालकर घर ले गए थे और उन्होंने उसका यथावत् उपचार कराया था। क्रांति भी उसी छात्रावास में रहता था। चूँकि वह क्रांति का प्रतियोगी था, इसलिए इसका लाभ क्रांति ने उठाया था और उस वर्ष उसने परीक्षा में प्रथम स्थान प्राप्त कर लिया था। क्रांति के अन्य सहपाठी भी उससे कहा करते थे कि यदि अंतिम परीक्षा वे दोनों एक ही वर्ष देंगे तो क्रांति प्रथम स्थान प्राप्त नहीं कर सकेगा। क्रांति ने अपने इस तुच्छ उददेश्य की प्राप्ति के लिए ऐसा अपराध किया था, पर उसे उसके अपराध का दंड नहीं मिला था। इसलिए उसके मन में अपराध-बोध गहरे बैठ गया था, जिसके प्रभाव में वह प्रत्येक व्यक्ति पर शंका करता था और ऊटपटाँग व्यवहार भी करता था।

जब शांति के पिता को क्रांति के इस अपराध की जानकारी हुई तो उन्होंने इसे रहस्य ही बनाए रखा। अब वे यह नहीं चाहते थे कि शांति अपने पति के पास भोपाल में रहे। उन्हें दो प्रकार की चिंता सताने लगी। एक तो यह कि क्रांति का यह अपराध कभी भी प्रकट हो सकता है, जिससे शांति का जीवन बरबाद हो सकता है। उनकी दूसरी चिंता थी कि अपनी महत्त्वाकांक्षा की तृप्ति में शांति को बाधा मानकर और उससे असंतुष्ट होकर वह उसके साथ भी उसी प्रकार का व्यवहार कर सकता था। इसलिए उन्होंने क्रांति से शांति को अलग करने की योजना बनाई। एक कुशल वकील होने के कारण वे उन दोनों के बीच तलाक कराने में सफल तो हो गए,

पर उनके सामने यह समस्या आ खड़ी हुई कि शांति के भावी जीवन की क्या व्यवस्था की जाए; क्योंकि अभी शांति की आयु केवल तीस वर्ष ही थी।

सामाजिक मान्यताओं और रीति-रिवाजों के कारण किसी बालिका का एक विवाह ही आयोजित करना उसके माता-पिता को बहुत कठिन होता है, फिर बालिका का दूसरा विवाह कराना असंभव सा ही होता है। यों भी पति-पत्नी के अलग होने पर समाज प्रायः पत्नी को ही दोषी मानता है, यह पुरुष-प्रधान समाज की प्रवृत्ति है। पत्नी को परित्यक्ता माना जाता है, पुरुष को नहीं। यों भी पत्नी की मृत्यु होने पर पुरुष के लिए दूसरा तथा तीसरा विवाह करना सामान्य बात है, जबकि स्त्री के संबंध में यह सोचना और करना असंभव है। इन सब बातों के होने पर भी शांति के पिता ने शांति का दूसरा विवाह रचाने का प्रयास जारी रखा। इस प्रयास में उन्हें अपने एक प्रोफेसर मित्र रामेश्वर से सहायता प्राप्त हुई और उनके सहयोग से वे शांति का दूसरा विवाह करने में सफल भी हुए। यह कार्य भी एक चमत्कार के रूप में हुआ।

शांति के पिता के प्रोफेसर मित्र पीलीभीत में ही एक महाविद्यालय में प्राध्यापक थे। उनके एक संबंधी का पुत्र नरेश मुरादाबाद जिले के एक छोटे से कस्बे में इंटर कॉलेज में उप-प्रधानाचार्य था। उस कॉलेज के प्रधानाचार्य ने कार्यकारी आयु पूरी होने पर अवकाश प्राप्त किया था। कॉलेज में गुटबंदी थी। कुछ लोग यह नहीं चाहते थे कि वर्तमान उप-प्रधानाचार्य कॉलेज का प्रधानाचार्य बने। उन लोगों ने उप-प्रधानाचार्य की हत्या कराने का षड्यंत्र रचा। उसे मारा-पीटा और मृत समझकर एक नहर के किनारे फेंक गए। सौभाग्य से वह मरा नहीं था। सुबह होते-होते उसके शरीर की पीड़ा कम हुई। वह उस दिन उस कस्बे में नहीं गया, क्योंकि वह इस षड्यंत्र का शिकार हो गया था। उसके बड़े भाई रामेश्वर पीलीभीत

के महाविद्यालय में प्राध्यापक थे। वह उनके पास चला गया। उसके भाई ने उसकी सेवा-चिकित्सा ठीक प्रकार से कराई और वह सामान्य हो गया। उसके बाद वह अपनी नौकरी पर नहीं गया और अपने बड़े भाई के पास ही रहने लगा।

नरेश अविवाहित था। उसकी आयु पैंतीस वर्ष हो गई थी। उसने शिक्षा प्राप्त करने तथा नौकरी तलाश करने के लिए बहुत संघर्ष किया था। शांति के पिता तथा नरेश के बड़े भाई परस्पर मित्र थे। दोनों के सामने अपने-अपने ढंग की समस्या थी। उन्होंने नरेश और शांति का विवाह अत्यंत सादगी से संपन्न करा दिया। उसमें उन्होंने अधिक धन व्यय नहीं किया और उससे धन बचाकर उनके जीवनयापन की व्यवस्था कर दी। शांति और नरेश, दोनों शिक्षक होने की योग्यता रखते थे। शांति के पिता और नरेश के भाई के परस्पर सहयोग से पीलीभीत में ही एक छोटा सा विद्यालय स्थापित किया गया। शांति और नरेश ने उस विद्यालय का कार्य सँभाल लिया और सुखपूर्वक, शांतिपूर्ण जीवनयापन करने लगे।

□

२०

शंकालु

कुलभूषण तथा कुलजीत के परिवार पड़ोसी थे। उनके घरों की छतें मिली हुई थीं। उनके बीच में कोई दीवार नहीं थी। वे दोनों कक्षा चार के विद्यार्थी थे, पर अलग विद्यालयों में पढ़ते थे। कुलभूषण लड़कों के विद्यालय में पढ़ता था और कुलजीत लड़कियों के स्कूल में पढ़ती थी। उनके स्कूल भी पास-पास थे, इसलिए दोनों साथ-साथ स्कूल जाते और लौटते भी साथ-साथ ही थे। शाम को वे अपनी छतों पर ही खेलते थे। जब कुलभूषण पतंग उड़ाता था तो कुलजीत उसकी चरखी पकड़कर उसकी सहायता करती थी। जब कुलभूषण को दो-तीन मिनट के लिए इधर-उधर जाना पड़ता था तो उसकी पतंग कुलजीत उड़ाने लगती। उन्हें एक-दूसरे के साथ बैठना और बातें करना अच्छा लगता था। उनके माता-पिता उनके साथ-साथ स्कूल आने-जाने और खेलने-कूदने के बारे में आपत्ति नहीं करते थे।

समय गुजरते कुलभूषण और कुलजीत बड़े होने लगे। उनके स्कूल भी अलग-अलग हो गए। उनके माता-पिता उनके साथ-साथ आने-जाने और खेलने-कूदने के संबंध में सावधान रहने लगे। आस-पड़ोस के लोग भी उन्हें इस रूप में देखते और अपनी-अपनी प्रवृत्ति के अनुसार उनके संबंध में बातें करते। इस कारण उनके

माता-पिता ने समाज की नुक्ताचीनी से बचने के लिए उन दोनों को अलग-अलग आने-जाने और खेलने-कूदने की हिदायत दी। पर उन दोनों में इतना प्यार हो गया था कि वे अधिक देर तक एक-दूसरे से अलग नहीं रह पाते थे। कभी वे आते-जाते एक-दूसरे से मिल लेते और कभी माता-पिता से छिपकर शाम को छत पर जाकर मिलते। कोई दिन ऐसा नहीं होता था जब वे एक-दूसरे से न मिलते हों और घुल-मिलकर आपस में बातें न करते हों। आयु बढ़ने के साथ उनमें एक-दूसरे के प्रति आकर्षण तथा घनिष्ठता बढ़ती गई।

ज्यों-ज्यों कुलभूषण और कुलजीत की घनिष्ठता बढ़ती गई त्यों-त्यों उनके मिलने-जुलने के बारे में पड़ोसियों की आलोचना बढ़ती गई। वे उस घनिष्ठता को प्यार का नाम देने लगे। यह आलोचना कुलजीत के माता-पिता को अच्छी नहीं लगी। उन्होंने अपने युवक बेटे से इसकी चर्चा की। भिन्न जाति के होने के कारण कुलजीत का भाई कुलदीप उन दोनों की घनिष्ठता की सराहना नहीं कर पाया। कुलदीप ने परिवार में सलाह की कि कुलभूषण को सबक सिखाया जाए। सो कुलजीत के भाई ने कुलभूषण को गुंडों से पिटवाया। कुलजीत को अपने भाई की यह हरकत अच्छी नहीं लगी।

कुलजीत नौकरी पेशा शिक्षित परिवार की बालिका थी। उसने अपनी पढ़ाई जारी रखी। समय गुजरते उसने स्नातकोत्तर परीक्षा पास कर ली। उसके पिता के प्रयास से उसे शिक्षा विभाग के कार्यालय में नौकरी मिल गई। वह आर्थिक दृष्टि से स्वावलंबी तो हो गई, पर किशोर अवस्था के अपराध-बोध से ग्रस्त रही। वह यह सोचती और महसूस करती रही कि उसने कुलभूषण का अपमान किया है। वह किसी युवक की ओर न आकर्षित होती और न किसी से बात करती। उसका मुसकराना भी बंद हो गया था। उसके कार्यालय के सहकर्मी उसके इस व्यवहार को नहीं समझ पा रहे थे।

कुलजीत के पिता एक सरकारी विभाग में अफसर थे। उनकी

आयु भी बढ़ती जा रही थी और वे तीन-चार वर्षों के अंतराल पर अवकाश प्राप्त करनेवाले थे। वे इस चिंता से ग्रस्त रहते थे कि उनके अवकाश प्राप्त करने के पूर्व कुलजीत का विवाह कर दें। दौड़-धूप करके आखिर उन्होंने कुलजीत के विवाह के लिए एक युवक को खोज ही लिया। कुलजीत को विवाह करने का उत्साह तो नहीं था, पर विवाह के लिए उसपर माता-पिता का दबाव था। फिर उसे यह भी चिंता थी कि माता-पिता के संसार छोड़ने के बाद अपनी लंबी आयु अकेले कैसे काटेगी!

आखिर कुलजीत का विवाह अशोक के साथ हो गया। वह एक बीमा कंपनी में अफसर था । विवाह के उत्साह और उल्लास में पति-पत्नी के रूप में उन्होंने दो वर्ष प्रसन्नतापूर्वक बिताए। उसी अवधि में कुलजीत ने एक पुत्री को जन्म दिया। अशोक को अधिक-से-अधिक धन कमाने की धुन थी। अशोक ने उसी वर्ष कुलजीत और नवजात शिशु का बीमा करा लिया। कुलजीत अशोक के इस निर्णय को नहीं सराह पाई। कुलजीत को कभी-कभी अपने पिछले दिन याद आ जाते थे। वह कुलभूषण को नहीं भूल पाई थी। वह उसके अपमान का दोषी अपने आपको मानती थी। इन सब बातों के कारण अशोक और कुलजीत के बीच समर्पण भाव की कमी रही और यह कमी दोनों को अखरती भी रही। समर्पण भाव की यह कमी एक-दूसरे के प्रति शंका का कारण बनती चली गई।

अशोक और कुलजीत पति-पत्नी के रूप में साथ-साथ रह रहे थे, पर अब उनका संबंध समर्पण का नहीं था। जब भी वे आपस में बात करते तो एक-दूसरे से अधिक बुद्धिमान् होने की कोशिश करते। ऐसा लगता जैसे उनमें वाद-विवाद प्रतियोगिता हो रही है। जब कुलजीत अपने मायके जाती तो अपने माता-पिता को अशोक से बहस के बारे में बताती। माता-पिता उसे समझाने और शांत करने के बजाय अशोक से बहस में जीतने के लिए कुछ तर्क

और बता देते। इसी तरह जब अशोक अपने घनिष्ठ मित्रों से इस संबंध में चर्चा करता तो उसके मित्र भी कुलजीत की बुराई करते। उधर कुलजीत भी अशोक के भूत और वर्तमान जीवन-शैली में त्रुटियाँ ढूँढ़ने में अपनी बुद्धि लगाने लगी। उसे अशोक के द्वारा अपना और नवजात शिशु का बीमा करने के संबंध में शंका हुई। इस प्रकार दोनों की बौद्धिक श्रेष्ठता की इच्छा और मानसिक शंका ने पति-पत्नी के संबंधों में खाई और चौड़ी कर दी।

कुलजीत और अशोक साथ-साथ रह रहे थे, पर उनके चेहरे विपरीत दिशा में थे। यह विपरीत दिशावाला साथ बहुत दिन तक नहीं चल पाया। दोनों ही अब आर्थिक दृष्टि से स्वावलंबी थे, इसलिए अलग-अलग रहने लगे। इस प्रकार उनके भूतकाल ने उनके वर्तमान को बदल डाला और भविष्य को अनपेक्षित दिशा प्रदान कर दी।

□

२१

फैसला

आशा के पिता अशोक कुमार जालंधर के एक प्रसिद्ध वकील थे। अपने पेशे के कारण इलाके के धनी तथा प्रतिष्ठित परिवारों में उनका प्रभाव था। उनकी एकमात्र संतान उनकी पुत्री आशा थी, इसलिए उनका तथा उनकी पत्नी का ध्यान आशा को संतुष्ट रखने में ही लगा रहता था। वे आशा की हर इच्छा को पूरा करने की कोशिश करते थे। समय के साथ आशा माता-पिता के लाड़-प्यार में बड़ी होती गई। उसने उच्च शिक्षा प्राप्त की और वकालत भी पास कर ली ।

पिता के वकालत के काम में वह उनकी सहायता करने लगी। वह उनके कार्यालय की देखभाल करती थी। पिता की आय और समाज में उनके सम्मान को देखकर वकालत में उसकी रुचि भी हो गई। अब वह भी वकील बन गई। उसे तलाक के मुकदमों को लड़ने में रुचि थी। इसलिए उसने उसी क्षेत्र में अनुभव प्राप्त करने की कोशिश की। धीरे-धीरे वह तलाक के मुकदमे लड़ने के लिए विशेषज्ञ मानी जाने लगी।

वह महत्त्वाकांक्षी तो थी ही। इसलिए अपनी वकालत की प्रैक्टिस के बारे में किसी एक सामाजिक वर्ग तक सीमित नहीं रहना चाहती थी। वह ऐसे सामाजिक वर्ग के मामले तो स्वीकार करती ही

थी, जिनमें पति को केवल एक ही पत्नी के साथ रहने का अधिकार है। पर वह ऐसे मामले भी ले लेती थी, जिनमें पति को एक से अधिक पत्नियों के साथ रहने की अनुमति है। उसकी दृष्टि में वे सामाजिक वर्ग भी आए जिनमें एक स्त्री के कई पति होते हैं। इतिहास में घटित इस प्रकार के उदाहरणों की जानकारी भी उसे थी। वह यह भी जानती थी कि पश्चिमी देशों में स्त्री-पुरुष के संबंधों में पति-पत्नी के रूप में स्वतंत्रता है।

तलाक के मुकदमे लड़ते-लड़ते आशा पुरुष-स्त्री के वैवाहिक संबंध में स्वतंत्र रूप से विचार करने लगी। उसका यह विचार बनने लगा कि विवाह को बंधन नहीं मानना चाहिए। स्त्री और पुरुष दोनों को यह स्वतंत्रता होनी चाहिए कि वे जब तक जिसके साथ रहना चाहें, रहें और जब चाहें एक-दूसरे से अलग हो जाएँ। उसके सामने आधुनिक समाजों के विभिन्न व्यवहारों के उदाहरण थे और साथ-साथ ऐतिहासिक तथ्यों तथा पौराणिक मान्यताओं से भी उसकी मान्यता को समर्थन मिल रहा था। उसे ऐसा लगने लगा कि विवाह संबंधी कानून स्त्री और पुरुष के संबंधों में बाधक हैं और वे स्त्री और पुरुष की स्वतंत्रता को भी स्वीकार नहीं करते हैं।

आशा यह महसूस करने लगी कि पति-पत्नी के इस विवाद में सबसे अधिक हानि संतान की होती है, क्योंकि कानून संतान की आवश्यकता के अनुसार उन्हें संरक्षण नहीं दे पाता है। इसके अतिरिक्त इन मुकदमों को तय करने में न्यायालय में बहुत अधिक समय लगता है। फिर वैवाहिक बंधन को संतान की अनिवार्यता के रूप में माना जाता है, जिससे विवाह होने के बाद दो-तीन वर्ष में ही संतान जन्म लेने लगती है। पति-पत्नी के अलग होने के बाद यह भी तय करना कठिन हो जाता है कि ऐसी संतान माता के पास रहे या पिता के पास। यह समस्या भावनात्मक तथा व्यावहारिक दोनों दृष्टियों से कठिन हो जाती है। इस विश्लेषण के आधार पर आशा का यह

विचार भी बनने लगा कि विवाह के पश्चात् पत्नी को यह स्वतंत्रता होनी चाहिए कि वह संतान को जन्म देगी या नहीं और यदि वह संतान को जन्म देगी तो कब देगी।

तलाक के मुकदमों को लड़ते समय आशा वैवाहिक संबंध में स्त्री की स्वतंत्रता के लिए संघर्ष करनेवालों में प्रसिद्ध हो गई। इसका परिणाम यह हुआ कि कोई युवक आशा के साथ अपना विवाह करना नहीं चाहता था। वह भी अब अपनी वकालत के संबंध में अपने नगर तक सीमित नहीं रहना चाहती थी। उसने अपने प्रदेश के हाईकोर्ट में तथा सुप्रीम कोर्ट में अपने नाम का पंजीकरण करा लिया। तीनों न्यायालयों में तलाक के मुकदमे लड़ते समय वह दो बातों पर बल देती थी—एक, विवाह के संदर्भ में स्त्री की स्वतंत्रता और दूसरी, तलाक होने के बाद संतान के प्रति माता-पिता की साझा जिम्मेदारी। सामान्यतया यह देखा गया है कि संबंध बिगड़ने या टूटने पर माता पर संतान की अधिक जिम्मेदारी आ जाती है और पिता इस जिम्मेदारी से बच जाता है।

न्यायालयों में मुकदमे लड़ते हुए आशा को यह अनुभव हुआ कि पति-पत्नी के विवाद से संतान को भावात्मक दृष्टि से तो धक्का लगता ही है, साथ ही उसका पालन-पोषण भी एक समस्या बन जाती है। उसकी यह धारणा बनी कि पति-पत्नी में मतभेद और मनभेद हो जाने पर उनके अलग होने की समस्या को सामाजिक दृष्टि से सफलतापूर्वक हल किया जा सकता है। इसलिए विवादी पति-पत्नी के विवादों को न्यायालय में न भेजकर उसने स्वयं सुलझाने का कार्य प्रारंभ कर दिया। इसके लिए वह उनसे अपना शुल्क अवश्य लेती थी।

पति-पत्नी के विवादों में उसके पास एक ऐसा विवाद आया, जिसमें पति और पत्नी दोनों सरकारी नौकर थे। उनके एक पुत्री भी थी। पति किसी दूसरी महिला के साथ रहने लगा था, पर उसने

अपनी पत्नी से तलाक नहीं लिया था। पति-पत्नी उस सामाजिक वर्ग से थे, जिन्हें कानूनी तौर पर एक पति या एक पत्नी की ही अनुमति थी। कुछ वर्षों बाद उसी पुरुष से दूसरी महिला ने भी एक कन्या को जन्म दिया। ऐसी स्थिति में सबसे गंभीर समस्या उन दोनों कन्याओं की थी। गंभीरता की दृष्टि से पत्नी और दूसरी महिला की समस्या दूसरे नंबर पर थी। समस्या पैदा करने की जिम्मेदारी जितनी पति की थी उतनी जिम्मेदारी उन महिलाओं की भी थी।

सारी स्थिति देखकर आशा ने उनकी इस समस्या को न्यायालय में न भेजकर सामाजिक दृष्टि से हल करने की कोशिश की। इस मामले में आशा ने स्वयं न्यायाधीश का रोल अदा किया। उसने यह फैसला किया कि पति की वर्तमान आय में से दूसरी महिला और उसकी पुत्री की आवश्यकताएँ पूरी की जाएँ और पति के अवकाश प्राप्त करने के बाद पति को प्राप्त होनेवाली पेंशन की राशि से विवाहित पत्नी और उसकी पुत्री की आवश्यकताएँ पूरी की जाएँ। आशा का यह निर्णय दोनों महिलाओं को स्वीकार्य था।

आशा इस बात से सहमत थी कि उसका यह निर्णय आदर्श नहीं है, पर वह यह भी जानती थी कि न्यायालय में वर्षों पड़े रहने के बाद भी यह विवाद निपट नहीं पाता और इसमें सबसे अधिक हानि दोनों बालिकाओं की होती। उसका मानना था कि वर्तमान के कारण किसी का भविष्य नहीं बिगड़ना चाहिए।

आशा इस प्रकार के विवादों को निपटाने के लिए प्रसिद्ध हो गई। वह न्यायालय न जाकर अपने निवास पर ही सामाजिक दृष्टि से पति-पत्नी के विवादों को निपटाने लगी और विवादी लोग भी उसके इस प्रयास को सराहने लगे।

□

२२

शिकायत

रात के दो बजे पुलिस थाने की घंटी बजी–टन''न''न। दारोगा ने फोन उठाकर पूछा, 'कौन बोल रहा है?' उधर से एक महिला की आवाज आई, 'मेरा पति मुझे पीट रहा है।'

दारोगा ने पूछा, 'आप क्या चाहती हैं?'

जवाब आया, 'इन्हें पकड़कर ले जाइए, इनसे मेरा पीछा छुड़ाइए।' दारोगा ने उनका पता मालूम किया, एक सिपाही को लेकर उनके घर पहुँच गया और उसके पति अरुण को पकड़कर थाने ले आया।

अरुण के माता-पिता किसी दूसरी बस्ती में रहते थे। उसने थाने से ही अपने पिता को फोन किया। उसने पिता को बताया, 'मैं थाने में हूँ। निशा की शिकायत पर दारोगाजी मुझे पकड़कर ले आए हैं।'

यह सुनकर उसके माता-पिता बहुत चिंतित हुए। उन्होंने अपने दो पड़ोसियों को जगाया और सारी घटना उन्हें बताई। वे तीनों भी थाने पहुँच गए। उन्हें देखकर अरुण को कुछ धैर्य बँधा।

दो पड़ोसियों में से एक ने तो इस मामले में पड़ना नहीं चाहा, इसलिए वह बहाना बनाकर वापस चला आया। पर दूसरा पड़ोसी संवेदनशील था। उसने सोचा कि पड़ोसी का धर्म तो निभाना चाहिए।

इसलिए वह वहीं रुका रहा। वह पड़ोसी प्रभावशाली व्यक्ति था। उसने दारोगा से कहा, 'आपकी तसल्ली के लिए मैं किसी प्रभावशाली नेता अथवा अफसर से आपकी बात करा सकता हूँ।' दारोगा भी उसके संबंधों तथा प्रभाव के बारे में जानता था।

लेकिन दारोगा मजबूर था। उसने कहा, 'यदि रात को दो बजे कोई महिला किसी की शिकायत करे तो हमें तो कार्यवाही करनी ही पड़ेगी।' उसकी यह बात उचित भी थी।

अरुण एक शिक्षित युवक था और एक सरकारी विभाग में अफसर था। उसकी पत्नी निशा भी किसी दूसरे सरकारी विभाग में अफसर थी। दारोगा को यह सब बताया गया, पर वह चुप रहा। बहरहाल, कुछ देर तक तीनों स्तब्ध रह गए और दारोगा से बातचीत का सिलसिला रुक गया। अभी तक दारोगा ने अरुण को हवालात में बंद नहीं किया था। दारोगा यह नहीं सोच पा रहा था कि क्या किया जाए। अरुण के पिता तो किंकर्तव्यविमूढ़ हो गए थे। पर पड़ोसी का दिमाग काम कर रहा था। वह पहले भी ऐसी समस्याओं से निपट चुका था। उसके दिमाग में एक विचार आया कि क्यों न पति अपनी पत्नी की शिकायत दारोगा से करे। उसने दारोगा से कहा, 'यदि यह युवक अपनी पत्नी के खिलाफ शिकायत करे तो आप क्या करेंगे?'

दारोगा बोला, 'यह क्या शिकायत कर सकते हैं? यदि यह अपनी पत्नी के खिलाफ शिकायत करेंगे तो हम उसके खिलाफ भी कार्यवाही करेंगे।'

पड़ोसी ने अरुण को सलाह दी कि तुम दारोगा से यह शिकायत करो कि 'मेरी पत्नी मुझे चाय में जहर दे रही थी। जब मुझे यह महसूस हुआ तो मैंने उसे डपट दिया और एक-दो थप्पड़ भी लगाए।' अरुण ने दारोगा से यही शिकायत की। दारोगा एक महिला सिपाही को लेकर उनके घर गया और निशा को भी

पकड़कर थाने ले आया। आते समय निशा ने अपने बेटा-बेटी को जगाया और उन्हें सारी घटना बताई। बच्चे छोटे थे, फिर भी उन्होंने माँ को बुरा-भला कहा।

निशा जब थाने पहुँची तो उसने अपने ससुर के साथ उस पड़ोसी को देखा। वह ससुर से बोली, 'अच्छा हिमायती ले आए हो। अपने पति की ओर तो वह देख भी नहीं सकी। पड़ोसी ने निशा को यह कहकर समझाया कि मैं तुम्हारा भी हिमायती हूँ। तुम ऐसा क्यों करती हो और वह भी रात के समय?'

अब दारोगा के सामने यह प्रश्न था कि उन दोनों के साथ क्या कार्यवाही करे। पड़ोसी ने दारोगा को समझाया, 'अभी रिपोर्ट न लिखी जाए और इन दोनों को समझने और आपस में सुलह के लिए कुछ समय दिया जाए।'

इतने में पड़ोसी को एक उपाय सूझा। उसने दारोगा को सुझाव दिया कि इन दोनों को हवालात में बंद कर दो। हम लोग सुबह आकर यह मामला निपटाएँगे। बस, फिर क्या था! निशा एकदम घबरा गई। उसका नशा थोड़ा उतरा। वह ससुर और पड़ोसी के हाथ जोड़ने लगी और गिड़गिड़ाकर बोली, 'हमें यहाँ मत छोड़ो। हमें अपने साथ ले चलो।'

दारोगा मन-ही-मन मुसकराया। वह सोचता होगा कि अब यह समस्या का हल खोज रही है। उसने निशा के ससुर और पड़ोसी को धन्यवाद दिया और पूछने लगा, 'अब क्या करना चाहिए?'

पति-पत्नी का यह विवाद लिखित रूप में नहीं था, इसलिए समाधान भी आसान था। दारोगा का सुझाव था कि पति-पत्नी दोनों हम लोगों के सामने यह स्पष्ट कहें कि एक-दूसरे के खिलाफ हमारी कोई शिकायत नहीं है। उस दंपती ने हम लोगों के सामने यही कहा कि 'हमें अब कोई शिकायत नहीं है।'

दारोगा भला आदमी था। उसने निशा और अरुण को भविष्य में

परस्पर न लड़ने की सलाह दी और समझाया कि यदि ऐसा कभी हो जाए तो आपस में ही निपट लें। उसने उन्हें यह भी चेतावनी दी कि यदि तुम्हारा विवाद पुलिस में लिखित रूप में आ जाए तो तुम्हारी सरकारी नौकरी पर भी असर पड़ सकता है। अस्तु, उन दोनों को थाने से छुट्टी मिल गई। पर कहानी यहाँ समाप्त नहीं हुई।

निशा के ससुर और उनके पड़ोसी उन दोनों को उनके फ्लैट तक पहुँचाने गए। फ्लैट पर पहुँचकर अरुण के पिता ने उनसे शांतिपूर्वक सो जाने के लिए कहा, क्योंकि अगले दिन उन दोनों को अपने कार्यालय जाना था। निशा का नशा पूरी तरह नहीं उतरा था। उसने रोष भरे शब्दों में अपने ससुर से कहा, 'अरुण को यहाँ से ले जाओ। ये यहाँ नहीं सो सकते।' निशा के ससुर ने उससे वैसे ही कड़े शब्दों में कहा, 'क्या हम इन बच्चों को भी साथ ले जाएँ?'

यह सुनकर निशा बोली, 'इन्हें आप कैसे ले जा सकते हैं, ये बच्चे तो मेरे हैं।'

निशा और बच्चों को फ्लैट में छोड़कर पिता अरुण को अपने घर ले आए। निशा कुछ दिनों तक खिंची-खिंची रही, पर धीरे-धीरे स्थिति सामान्य हो गई।

□□□